suhrkamp taschenbuch 1736

Martin Walser, 1927 in Wasserburg (Bodensee) geboren, lebt heute in Nußdorf (Bodensee). 1957 erhielt er den Hermann-Hesse-Preis, 1962 den Gerhart-Hauptmann-Preis. 1981 wurde Martin Walser mit dem Georg-Büchner-Preis ausgezeichnet. Sein Werk im Suhrkamp Verlag ist auf S. 124 dieses Bandes verzeichnet.

Neun Geschichten, neun Vorschläge, Erfahrungen zu machen mit der Wirklichkeit, der öffentlichen wie der verborgenen. Walser mißtraut allem nur Selbstverständlichen, rückt ihm zu Leibe mit Sprache. In seinen Geschichten wird das Zweifeln ausprobiert – an Leuten, Dingen, Situationen. Lügengeschichten heißen sie, weil sie der Welt, statt sie nachzuahmen, etwas vormachen: ihre Möglichkeiten.

»Daß Walser ein brillanter Schreiber, ein Feinschmecker ist, der die Worte auf der Zunge kostet, weiß man; doch jene beneidenswert vollkommenen Formulierungen, die ihm immer wieder glücken, jene Miniaturen, die in drei, vier Sätzen eine Situation, eine Beziehung blitzartig durchleuchten, sind mehr als Sprachkunststücke.« *Urs Jenny*

»Unter dem Vorwand, uns Lügengeschichten zu erzählen, serviert Walser in Wirklichkeit einige saftige Wahrheiten.«

Die Weltbühne

Martin Walser
Lügengeschichten

Suhrkamp

Umschlagbild von Alissa Walser

suhrkamp taschenbuch 1736
Erste Auflage 1990

Druck: Ebner Ulm
Printed in Germany
Umschlag nach Entwürfen von
Willy Fleckhaus und Rolf Staudt

1 2 3 4 5 6 – 95 94 93 92 91 90

Inhalt

Mein Riesen-Problem

Ich, ja ich, ich verkaufe meinen Riesen. Was der Sie kostet, das fischen Sie mit einem Griff in Ihrer Rocktasche zusammen; vorausgesetzt, Sie tragen das Geld auch lose in den Taschen wie ich. Falls Sie meinen Riesen nehmen, empfehle ich Ihnen, das Geld freizulassen in den Taschen. Oft braucht er ganz schnell eine Süßigkeit, es bleibt Ihnen gerade noch die Zeit, in der Tasche aus den hüpfenden Münzen zwei herauszufangen, durch die nächste Ladentür zu jagen, dann müssen Sie eigentlich schon zurück sein, sonst sitzt er auf dem Trottoir und kann sich vor Traurigkeit eine halbe Stunde lang nicht mehr bewegen. Am besten, Sie führen immer etwas Süßes mit und stopfen's ihm in den Mund, sobald Sie sehen, daß ihn dieses schnuppernde Heimweh befällt. Er bleibt dann stehen, die Haut nimmt eine Farbe an, als brenne in seinem Kopf ein zwetschgenblaues Licht, die Gesichtszüge arbeiten gegeneinander, offenbar will er etwas zu Ende denken, also da ist es schon die höchste Zeit für etwas Süßes. Sobald sein Mund sich mit Süßem füllt, atmet er wieder durch und folgt Ihnen, wohin Sie wollen. Seiner Größe wegen, überhaupt wegen seiner Beschaffenheit und Wirkungsweise muß ich ihn einen Riesen nennen. Mich aber muß ich nennen: seinen Begleiter. Er ist mir zugelaufen. Ich bin ihm zugelaufen. Wohl schon, bevor wir gewieft waren. Und weil das so lang her ist, erübrigt sich die Frage nach der Schuld.

Eigentlich ist er stumm. Zumindest, wenn man ihn nach dem beurteilt, was er in Wörtern ausdrücken kann. Aber er hat eine Richtung. Oft schnuppert er so in die Gegend, weithin, wo sie blau wird. Dann formulier ich für ihn. Zwetschgenland, sag ich, was! Er nickt heftig. Ach, es ist schwer, ihn verständlich zu machen. Steuer kostet er nicht. Absetzen kann man ihn auch nicht. Gott sei Dank sieht man uns. Sobald wir allein sind, spielt er mit zwölf alten Eau de Cologne-Flaschen und einem unendlichen Vorrat von Zwetschgenkernen. Mit einem Gesicht, als trüge er schwere Verantwortung, legt er die Zwetschgenkerne immer wieder auf einer Karte von Südamerika aus. Ich wollte ihm beibringen, die Kerne gegen die Flaschen zu werfen und so eine Melodie zu erzeugen oder wenigstens eine Art Rhythmus, der die Leute von uns überzeugen könnte. Er aber will mit Darbietung nichts zu tun haben in seinem Leben. Das sagt er nicht, er gibt es mir zu verstehen. Ich hatte natürlich gehofft, ich könnte beruflich sein Begleiter werden. Auf dem Klavier oder auf sonstwas. Wozu hat man denn so einen Riesen, schoß es mir oft durch den Kopf. Ich vervielfachte meine Finger, zählte mit mehr als zehn Fingern vor seinen Augen all das Geld in die Luft, das wir zusammen verdienen könnten. Aber unser Dasein wurde kein berühmtes Reiseleben mit unverschämt anziehenden Plakaten. Meine Spekulation, mit Hilfe seiner Ungewöhnlichkeit ein reicher, alles vermögender Mensch zu werden, hat er einfach vernichtet. Er ist schüchtern. Vielleicht auch wirklich dumm. Gaben hat er, aber gegen Ausbildung ist er immun. Zieht mit Kreide sieben Notenlinien auf den Boden, legt Zwetschgenkerne als Noten aus und singt dann die Melodien nach, die er so markiert hat; einfache katholische Melodien, ans Alpenvorland erinnernd. Und wenn ich sage: so, das bilden wir jetzt aus, hört er auf, zerstört die Zwetschgenkernweise und legt sich bäuchlings auf den Boden. Also auch ein Komponist ist nicht zu machen aus ihm.

So bin ich der Begleiter eines völlig unbrauchbaren Riesen geworden. Darum stelle ich mir gern ausgiebig vor, wie ich mich von ihm trennen werde. Wahrscheinlich werde ich schon wenige Augenblicke nach der Trennung ein neuer Mensch sein, einer, vor dem man sich endlich in Acht nehmen muß. Nur weg von meinem Riesen! Weg mit ihm, wenn es sein muß. Der gehört doch gar nicht hierher. Eigentlich gehört er in die Musik. Jawohl. Tief in die Musik gehört er. Aber wie ihn dorthin bringen? Ich fuchtle herum, blitze vor Plänen, sende ihm meinen bloßen Haß unverhohlen hinauf. Er schaut herab, lächelt so breit, daß man Zwillinge in den Schlaf wiegen könnte in seinem Lächeln. Man kennt ja das Gemüt der Riesen. Mich, den aufs Leben Ausgerichteten, mich martert er mit seinem Riesengemüt. Butterkönig, schrei ich hinauf, Mondprimel! Oh Du mein Kummerelefant und Sorgenwal, oh Du meine leibhaftige Traurigkeit. Aber wie alle wirklich musikalischen Wesen nimmt er die Wörter von ihrer Vorderseite. Ich gebe jetzt also zu, daß ich seit langem versuche, ihn zu verkaufen. Aber jeder Direktor sagt mir sofort ins Gesicht: Sie haben ihm ja nichts beigebracht. Was kann er denn?

Weinen, sage ich.
Weinen, heißt es dann, weinen, das ist etwas, also los, wein mal, Großer.
Da allerdings halte ich es nicht mehr aus. So laß ich nicht mit meinem Riesen reden. Er schnuppert schon, kriegt schon sein zwetschgenblaues Gesicht, in jedem Auge seh ich schon eine seiner wahrhaft schönen runden Tränen, also greife ich wild nach ihm und ziehe ihn hinter mir her und hinaus. Zum Affen laß ich ihn mir nicht machen.
Ob er bloß weinte, weil er hörte, daß ich ihn verkaufen wollte?
Dann, in Not, versuchte ich doch, sein Weinen auf ein ziemliches Niveau zu bringen. Offenbar ließ sich mit Weinen etwas gewinnen. Aber eine Bühnennummer wurde nicht aus seinem Weinen. Weinen an sich ist eine gute Voraussetzung, aber mein Riese ist einfach kein Künstler. Und ein Weinen, das nicht künstlerisch bewirtschaftet wird, bleibt ein Geheule, also zischt das im Vollkommenen lebende Publikum.
In privaten Zirkeln sind wir erfolgreicher. Ich rede und er weint. Ich rede rasch, in trocken gelegten, schneidigen Sätzen, falte die Welt in Wörtern auseinander, scheuche scharfe Lichter über was Sie wollen und er beweint das. Man steht um uns herum, lacht gebührend, und bietet uns Getränke an. Es heißt, wir seien gern gesehen. Zweifellos, komisch sind wir. Aber man fürchtet uns nicht. Also bleibt der Erfolg aus. Also muß meine große Schleppe endlich weg. Was uns zur Zeit erwiesen wird an Annehmlichkeiten, könnte man zwar auch Gage nennen. Aber ein Plakat gibt es

nicht. Keinen Saal gibt es. Keine Angst. Also keine prächtige Rezension. Auf dem Heimweg beschimpf ich ihn. Er trägt mich die Treppen hoch, nennt mich Majestätchen, schält mir die Orange, die eine Dame ihm tief in die Tasche schob. Er mag lieber Zwetschgen. Darum nenn ich ihn oft voller Hohn: meinen Zwetschgenkönig. Damit spiele ich allerdings auch auf unsere gemeinsame Herkunft an und betone gleichzeitig scharf, daß es seiner Schwerfälligkeit zuzuschreiben ist, wenn wir immer noch im blauen Schatten der Zwetschgenbäume unserer Heimat kämpfen. Seinetwegen werden wir die Herkunft aus dem Zwetschgenlandstrich nicht los. Er ist die unfaßbare, blau kullernde Zwetschgenmasse selber, das rotgoldene Fleisch in der Haut aus blauem Rauhreif. Sein Gedächtnis auszutilgen, nenn ich ihn manchmal eiskalt Fritz. Er glaubt zum abertausendsten Mal, ich hätte wirklich seinen Namen vergessen und sagt mit einer Nachsicht, die zu Herzen geht: Ich heiße doch Josef.

Er hat natürlich auch gute Seiten. Er wartet, zum Beispiel, immer darauf, daß ich mich erkälte. Der Erkältete, sagte er einmal vor sich hin, weiß es zu schätzen. Sobald ich mich also erkältet zeige, wird er flink. Sofort hat er heißes Zwetschgenmus, macht mir gegen meinen Willen einen Wickel um den Hals mit seinem heißen Zwetschgenmus, reibt mir die Waden mit heißem Zwetschgensaft, schüttet mir in den Hals heißen Zwetschgenschnaps und drückt mir ein Säckchen unters Kreuz, gefüllt mit heißen Zwetschgenkernen. Er freut sich, wenn ich mich wehre

gegen seine Behandlung. Dann kann er sich so richtig durchsetzen. Hat er mich endlich ganz in sein Zwetschgenheil versenkt, wäscht er sich die Hände wie ein großer Arzt und sagt zu mir herüber, er sei stolz auf mich.
Ach Josef, sag ich da, was soll noch werden.
Er hört sofort den Schicksalston heraus, zieht sein wild bekümmertes Riesengesicht, mit Schaudern seh ich, daß er jetzt denken will, und da denkt er auch schon, setzt sich, der Ohnmacht nahe, auf den Bettrand und sagt langsam, um doch ja seinen Gedanken nicht zu beschädigen, langsam vor sich hin: Einmal kommt Regen. Und wenn wir Glück haben, kommt sogar noch Regen. Aber bitte, bleiben wir bescheiden, Regen genügte auch. Und wenn nicht Regen, dann eben Regen. Um ganz ehrlich zu sein, in unserer Lage würde sogar Regen schon genügen, oder doch wenigstens Regen. Was meinst Du?
Ach Josef, sag ich da, wär ich nicht gar so erkältet, würde ich mich jetzt gern unter Leute mischen, letzten Endes braucht man doch das Gespräch. Er zieht den Wickel vorsichtig strammer und schweigt. Also so ist er nicht, daß er immer das letzte Wort haben möchte. Allerdings wohnen wir einander schon zu lange in der Seele, als daß das noch etwas bedeutete. Nun gut, Leute, nehmt ihn mir ab, kauft, kauft meinen Riesen. Irgendwo wurde sicher ein Hochhaus gebaut, da geht es emsig zu, alles klappt, aber die Luft in den Räumen ist immer noch nicht zufriedenstellend, und warum: es wurde noch nicht geweint im Gebäude. Also da könnte ich meinen Großen wirklich empfehlen. Gut

wäre er auch für einen Aufsichtsrat, der spröde zu werden droht, weil die Herren in mancher Hinsicht zu sehr gewitzt sind und wirken wie schon zu sehr gegerbt. Die Wirkungsmöglichkeiten meines Riesen aber sind vergleichbar denen des Meeres. Nehmen wir an, Sie drehen sich nachts im Bett, dann werden Sie immer daran denken, daß Sie sich jetzt wegdrehen von ihm oder daß Sie sich hindrehen zu ihm. Einfache Bewegungen werden, wenn er in der Nähe ist, bedeutend. Jene etwas erbärmliche und fahrige Leichtigkeit, die sich heute einschleicht in einen jeden, die einem andauernden unerlösbaren Hustenreiz gleichkommt, die treibt er aus, mit Schwere und Zwetschgenbeschwörung, das versprech ich Ihnen. Er macht aus Ihnen wirklich eine Art Komiker. Kommen Sie selbst mit Mut und schauen Sie ihm nacheinander in seine allzuweit auseinanderstehenden zwetschgenblauen Augen. Kommen Sie am Samstag. Samstags setz ich ihn immer in der Herzogsstraße vor das Café. Falls Sie vorbeigehen, sagen Sie ruhig Schlingel zu ihm. Das mag er. Ja, er kann so recht ehrgeizig sein, wenn Sie's nur ein bißchen von ihm verlangen. Ich vermute, er möchte jetzt ganz gern bekannt werden. Krankheitshalber. Heftet ihm aber bitte nichts auf den Rücken, solang er so sitzt. Bitte, bedenkt, in ihm türmen sich die Gedanken, sobald er sitzt. Er hat es nicht leicht. Sitzt und zählt seine Hosen und macht ein altrussisches Verbanntengesicht. Bedenkt, wieviel Platz in ihm das Gedächtnis einnimmt! Wie er es vernimmt, das Klirren des Kaffeegeschirrs aus unserer allerersten Ehe! Eines Priesterkandidaten violettes

Radebrechen! Das Fallen der Zwetschgen in den Traum. Sehen Sie, wie er sich ins Gesicht greift, er sucht seine Lippen. Jetzt neigt er schamvoll den Kopf. Was ihm zwischen die Lippen rutschte, ist seine Zunge. An Ihrem Eis hätte er lutschen wollen, meine Herrschaften. Selber will er kein Eis. Bitte, trösten Sie ihn nicht, solange er das Gesicht nach unten dreht. Verhalten Sie sich eine Zeit lang ganz wie die Wintersonne. Allerdings, solange er so beschämt sitzt und schluchzend seine Zunge zurückzuziehen versucht, hätte es ein kleinstes Mädchen leicht mit ihm. Sie brauchte nur zu sagen, sie müsse heute noch einkaufen, und schon nudelte er sie herzlich in seinen Schal und trollte sich mit ihr, bis das scharfe Schicksal ihn und sie im Blust des Böhmschen Feinkostgeschäfts aus den Augen verlöre. Achtung, jetzt zittert er. Das kann er besser als ein Reh im Januar. Es gelingt ihm nicht immer so schön wie jetzt. Er ist halt wie der Gärtner abhängig von ungeheuren Prozessen. Das, zum Beispiel, nennt er Beten. Sagen Sie nicht, er kratze lediglich die Pfeife aus. Er nennt es nun einmal Beten. Mit dem Daumen, der jetzt noch die Pfeifenrundung nachfährt, wird er sich gleich bekreuzigen. Jetzt könnte sich jemand auf seinen rechten Schenkel setzen. Hallo! Hallo! Ist denn keiner frei? Oder ist das Interesse schon so gering? Sehen Sie, der Schenkel wippt, ohne daß wer drauf sitzt. Was Sie hören, ist sein Hoppa-Hoppa-Reiter-Lied. Säße jemand auf seinem Schenkel, wäre das eine berükkende Vorstellung mit Gesang, so wirkt natürlich alles ein bißchen überflüssig.

Begreifen Sie, bitte, falls Sie nicht kommen am Samstag, falls keiner sich findet, der Lust hat, auf seinem großen Schenkel einen Ritt zu machen, muß ich selbst wieder auf diesen Schenkel springen und mich auf und abschütteln lassen, bis er sein Stampfen freiwillig beendet. Er zerschlägt die halbe Stadt, wenn sein Schenkel leer bleibt. Also samstags, bitte. Auch sonntags, wenn es nicht anders geht. Eigentlich immer. Ich warte sozusagen auf Ihr Angebot. Falls bis Null Uhr niemand kommt, muß ich ihn zum Schlachter führen. So ein Riese frißt ja, man glaubt es nicht. Und da er in all seiner Schwermut (die man bezeichnen kann als einen sonst unbekannten Hunger) schon geschnappt hat nach mir, werde ich gar nicht anders können als ihn mit ein paar gewinnenden Tiraden dem Schlachter vorzustellen. Sollte der ein Unmensch sein, muß ich meinen innigen Riesen selber hinausführen auf den Verladebahnhof, muß ihm erklären, wir bewegten uns auf ein schneidiges Abenteuer zu, muß ihn und mich im Dunkeln bis zur Verladerampe bugsieren, muß ihn hineinstoßen, gerade bevor die Waggontür zufällt. Grausam ist das vorerst nicht. Pferde liebt er ja fast noch mehr als alte Eau de Cologne-Flaschen. Ich kenn ihn doch. Noch ehe die Waggons den Brenner passieren, singt mein Riese mit den Pferden Choräle wie sie seit Leuthen nicht mehr gesungen wurden.
Hoffen muß ich, daß er mich nicht noch zuletzt anschaut mit einem seiner alleinstehenden Augen. Dann führte ich ihn folgsam wieder heim. Also das kann ich Ihnen versichern, falls Sie ihn einmal haben, tren-

nen Sie sich nicht mehr so leicht von ihm. Jetzt, zum Beispiel, kniet er gerade auf seiner Landkarte von Südamerika, hat Zwetschgenkerne gelegt auf Surinam und gießt vorsichtig aus einer Eau de Cologne-Flasche Wasser auf seine Zwetschgenkerne und Surinam und macht ein Gesicht, als tue er Gutes für Surinam.

Wenn ich aber aufspringe und rufe: Los, auf, rasch, reisen wir nach Surinam, helfen wir dort! dann weist er auf die kleine Wasserlache, die das Surinam auf der Karte deckt und sagt: Ich hab schon Zwetschgenbäume gepflanzt in Surinam. Dabei schaut er mich an, daß ich am liebsten vor ihm und seinem Zwetschgensurinam verginge. Meistens knie ich dann einfach an seine Seite und wir verbringen den Abend über der Karte, buchstabieren entlegene Namen und entscheiden mit ein bißchen Würde, wo wir demnächst Zwetschgenbäume pflanzen werden.

Nachruf auf Litze

Wenn so ein Tag aus irgend einem Jahr keine Ruhe geben will, sich einfach nicht auflösen will zu nichts und wieder nichts, wie es sich gehört, wenn er immer wieder ganz plötzlich aufkreuzt, jedes Mal noch physiognomischer – offensichtlich will er bei mir ein innerer Indianer werden, auf jeden Fall etwas, das grell und laut erscheint, ohne sich recht verständlich zu machen – was soll man da tun? In meiner Bedrängnis sage ich: eine Geschichte schreiben über diesen Tag. Ihn in einer Geschichte so hinklittern, daß bewiesen wird: er hat nicht das Zeug, bei mir zum Gedenktag zu werden. Schließlich ist man doch keine Nation. Nimmt das überhand, so ist mein Leben bald verheert von lauter Feiertagen. Und wenn es für Tage noch keine Ewigen Jagdgründe gibt, dann will ich sie erfinden. Da geht mir überhaupt auf, wozu Geschichten gut sind.
Litze, Du hast Dir diesen Tag ausgewählt, um mich immer heimzusuchen. Jetzt zahl ich zurück, mein Freund. Dich und Deinen Tag transportier ich schön in einen schattigen Mühlbach, zum abgelegten Laub, mit dem sich das Wasser beschäftigt.
Litze ist also tot. Das ist wohl klar. Und weil Litze tot ist, hat er eigentlich nichts mehr zu melden. Das muß man ihm nachträglich noch beibringen. Drückt mich ein Stein im Schuh, zieh ich den Schuh aus, werf den Schuh fort und geh barfuß auf den Steinen. So

konsequent bin ich mittlerweile. Ich hab auch die Eigenschaft, daß ich immer wissen will, woran ich bin. Das gehört zu meiner Ausrüstung. Nachts schrei ich schon mal laut, um eventuelle Zudringlinge zu erschrecken. So ein lauter Schrei kostet ja nicht viel Anstrengung, aber er bewirkt viel, wenn es gelingt, ihn im richtigen Augenblick auszustoßen. Am schlimmsten ist es doch, wenn etwas leise geschieht. Bitte, Litze, sprich wenigstens laut, oder noch besser: sprich deutlich, wenn Du eintrittst. Nicht herschleichen und mich plötzlich packen. Ich setz mich jetzt so, daß ich die Tür sehen kann. Und pfeifen werd ich auch. Zum Beispiel auf Dich.
Litze ist im Stand und tut jetzt aus seinem schlechten Jenseits noch so, als habe er nicht gewußt, daß ich aus dem Krankenhaus entlassen worden war wie ein Sträfling, dem der Rest wegen guter Führung geschenkt wird. Meine Mutter war inzwischen umgezogen in die Diözesansiedlung. Ungeübt stand sie in der neuen Wohnung. Ich kam also an und sagte: Es ist ein Glück, wenn man jemanden hat, der einen Wohnort einem anderen vorzieht. Ich kam mit meiner Schwester, die ich Helga nenne. Mit diesem einfachen Namen begnüg ich mich jetzt, weil es sich herausgestellt hat, daß auch kostbarere Namen nicht ausreichen, der Umwelt zu erklären, welche Art Schwester ich habe. Acht Tage rührte ich mich nicht vom Fleck. Aber Litze rief nicht an. Meine Schwester sagt, sie sei extra über die Straße gerannt, um Herrn Litze mitzuteilen, daß ich wieder zurück sei. (Vor meinen Angehörigen waren Litze und ich per Sie.

Das wollte ich so.) Meine Schwester ist älter als ich. Bring ich es weit genug, wird sie meine Sekretärin. Unsere Mutter erschrickt, wenn sie uns zusammen sieht. Helga sitzt mir im Sessel gegenüber, die Nachmittage vergehen im Nu. Wir lachen, wenn unsere Mutter von den zwei Hochzeiten spricht, mit deren Hilfe sie uns für immer trennen möchte. Ist das wirklich nötig, fragen wir und ziehen die schüchterne Mutter zu uns her. Im Grunde sind wir eine zärtliche Familie. Wir sind allerdings klug genug, das nach außen hin zu verbergen.

Helga, sagte ich, vielleicht glaubt Litze, in einer Diözesansiedlung hat man kein Telephon. Ja, sagte Helga, Litze ist ein Journalist. Diese Bluse, sagte ich, hast Du wieder selbst gemacht. Was andere Männer über Helga denken, wage ich nicht zu vermuten. Ich finde, Helga wird durch diesen oder jenen Satz plötzlich ganz schön. Leider muß ich mich hüten, das laut zu sagen, weil es seit langem feststeht, daß Helga und ich einander ähnlicher sind als Zwillinge es sein könnten. Dieser Sommer brüllt, sagte Helga. Wo man hinschaut, eine verdorrende Kuh, sagte ich. Gehen wir baden, sagte Helga. Die Mutter zog sich zurück und seufzte dabei.

Die Sonne war heiß. Zerfahren und schlierig. Sie kam mir hysterisch vor. Drüben, drunten, die Stadt. Das Weichbild, sagte Helga. Wir lachten. Ein zusammengekrümmter Hund, sagte ich. Räudig, grau. Was ist denn überhaupt los? Feinfühlig ist das nicht, lieber Vinzenz. Soll ich vielleicht zuerst anrufen? Der zwang mich, ihn zufällig auf der Straße zu treffen.

Nein, Helga, den Bus lehn ich ab. Ich geh zu Fuß. Und mit Schmerzen. Dafür straf ich ihn nachher. Ich führte Helga ins Patz-Bad. Sie legte sich hin. Um Helga herum entsteht sofort eine Art Vitrine. Man schaut hinein, mehr ist nicht möglich. Helga wirkt, als sei sie nicht von hier. Seit sie das bemerkt hat, weist sie darauf hin. Manchmal mit einer größeren Samtschleife. Oder sie näht wie unter Zwang zu große Knöpfe an ihren Badeanzug. Offenbar ist es zu spät, einzulenken. Ihre Redensarten sind auch nicht geeignet, Bekanntschaften zu befördern. Was sie sagt, setzt beim Zuhörer intime Kenntnis, wenn nicht sogar Verwandtschaft voraus. Litze lud mir jedesmal Geschenke auf für Helga, feine Sachen, die er sich schicken ließ aus Weltstädten. Haarspangen, Tücher, Gläser, Knöpfe. Es waren Opfergaben, Tribute, ganz regelmäßig übersandt von einem ängstlichen Volksstamm, der keinen Krieg will. Und Helga tat, als ließe sie sich einschläfern. Sie hat ihren Ekel tapfer bekämpft, lieber Litze.
In den Straßen roch es nach Beerdigung, nach Fisch, nach heißen Autoreifen, beziehungsweise nach Südamerika. Helga, die sich unversehens wieder eingefunden hatte, sagte: wie brüllt eine Kuh, die allmählich im Sumpf versinkt? Hätte ich Helga wieder zurückjagen sollen ins Patz-Bad? Oder auf eine grüne Bank fesseln in den Anlagen? Sie gehört doch gewissermaßen zu mir. Leider genügt oft eine Kleinigkeit, uns auseinanderzuscheuchen. Ich war zwar ganz vorsichtig an diesem Augusttag. Kam mir gut rasiert vor. An meiner Zweibeinigkeit war nicht zu zweifeln.

Ich war ja noch ganz schwach vom langen Liegen. Aber Helga witterte manchmal zu mir herüber, ekelte sich und verschwand wieder für eine Weile. Wäre Litze jetzt die Eigerstraße heruntergekommen, hätten wir natürlich mit einander sprechen können. Aber Litze, der mich nicht angerufen hatte, kam auch nicht die Eigerstraße herunter. Minuten später löste sich Helga aus einem Baumschatten und bat um Verzeihung. Helga ist sehr tierliebend. Um so strenger ist sie mit Menschen. Ich muß immer wieder ein gutes Wort einlegen. Menschen sind nicht so ohne, Helga. Nur keinen Hochmut, Helga. Sie nickte. Sie wollte sich Mühe geben. Also lieber Vinzenz, so sprach ich für Dich und für mich. Und selbst wenn Du mich mit Helga angetroffen hättest, wir hätten doch sprechen können. Sie kann schon mal was vertragen. Das wußte niemand besser als Litze. Und man vergesse doch nicht: sie ist eine fast unsichtbare Begleiterin. Für Außenstehende. Also wenn einer durch Helga gestört werden konnte, dann doch allenfalls ich.
Der Staub, den die Autos eigentlich aufwirbeln sollten, blieb einfach liegen. Nach so vielen Wochen der Abwesenheit fand ich auch die Schaufenster betrachtenswert. Gehen konnte ich nur langsam. Ein Umstand, der diesem Tag zugute gekommen sein kann wie ein Gewürz. Während ich Litzes Erscheinen in jedem Augenblick erwartete, beobachtete ich unwillkürlich, wie auf der Eigerstraße die Vollstrecker durcheinanderliefen. Die, die nicht für einander bestimmt sind, tauschen flüchtig Grüße aus. Einige kehren schon zurück von einer Vollstreckung. Ein

bißchen unglücklich. Auch ein bißchen gesättigt. Vielleicht auch vergattert. Selten, daß sich einer wirklich verhindern läßt, bevor er fertig ist. Die Hitze bewirkt allenfalls Verzögerungen, die keinem zugute kommen. Und wer aufatmend wegeilt vom Opfer, begegnet seinem Vollstrecker, der schon ungeduldig wurde. Jetzt schütteln sie einander die Hände. Zur Vergewisserung nennen sie noch ihre Namen. In Form direkten Grüßens. Solche Eindrücke hat man beim Schlendern. Ich will wirklich nicht behaupten, der Zuschauer sei fähig, ein Gesetz zu entdecken. Aber erschreckend war es, wie schnell den Autos das Halten gelang. Da ich nicht jedesmal gleich wußte, was los war, zitterte ich zunächst, wenn der Herr heraussprang, die Tür zuwarf und wegeilte. Vor verfaulenden Gemüseläden versuchten Frauen, in Knäueln beieinander zu bleiben. Ein Gewirk Kinder trieb vorbei. Die Erwachsenen sahen hinterher, als bestätige das Auftauchen und Verschwinden der Kinder alles, was sie gerade besprochen hatten. Überall hörte ich die Sätze rasch zur äußersten Gereiztheit gelangen, so daß ich mich schon fragte: worauf treiben wir zu?
Auch fehlten die Vögel, die längs der Eigerstraße die Baumkronen zum Rauschen zu bringen hatten. Hunde, keiner Aufmerksamkeit mehr fähig, stolperten dem Herrn Anlagendirektor Vollbedinger über die Füße. Vollbedinger, unbeirrbar, ließ Warntafeln aufstellen. Sobald er sich mit seinen zwei Gehilfen verzogen haben würde, wollte ich die Warntafeln lesen. Und dann zu Litze. Die Hoffnung, ihn zufällig auf der Straße zu treffen, hatte ich aufgegeben. An-

gerufen hatte er auch nicht. Wahrscheinlich saß er mitten zwischen seinen schwarzen Wänden und maßte sich was an.
Feinfühlig ist das nicht, lieber Vinzenz.
Bei diesem Satz wollte ich bleiben. Dann blabbert Litze. Ich aber sage schroff: Ich komme aus dem Patz-Bad. Wahrscheinlich willst Du mir weismachen, daß Du Helga dort angebunden hast, sagt Litze höhnisch wie ein Logikprofessor. Ich werde also noch einmal sagen: feinfühlig ist das nicht, lieber Vinzenz. Endlich errötet er. Da er wenig Haare hat und seine wenigen Haare hell sind, wird die Röte bei ihm gleich überall hinschießen. Ich werde mit meinen Augen der sich ausbreitenden Röte folgen. Er sieht also an meinem wandernden Blick, wie weithin er errötet sein muß. Nun stottere schon. Er liebt mich doch, sagt er. Herrgottnochmal. Da kann er mich doch nicht zuerst anrufen. Ich zerknicke darauf eines seiner dürren Ziergewächse. Bevor er die aufstellt, taucht er sie in grelle Farben. Bei Litze gab es blaues Schilf in weißen Vasen, zum Beispiel. Von seiner rot präparierten Artischocke werde ich unnachsichtig zwei harte Blätter brechen, werde so tun, als widerten mich diese sorgsam parfümierten Blumenleichen an, dann zerbrösle und zerreib ich die holzigen Blätter und streue den Staub grausam im Zimmer herum. Litze sieht mir ängstlich zu.
Wenn er mich anschaut sind seine Augen vollkommen rund. Aber gleich flieht er mit seinem Blick wieder schräg in die Höhe, wo am vergoldeten Draht seine Wäsche hängt. Von dort tastet er sich zurück, bis zu

meinem linken Ohrläppchen. Ich greife hin und verberge es vor ihm. Er seufzt. Weil er mich doch liebt. Weil er mich doch liebt, ruft er mich nicht zuerst an, nimmt nur alle vierzehn Tage einen Artikel ins Blatt, zahlt schlechte Honorare. Litze sagt, sonst fällt es doch auf.

Litze wird sitzen. Und wenn er sitzt, ist er dick. Noch dicker als man ihn in Erinnerung hat. Steht er aber auf, kennt man ihn nicht wieder. Er bewegt sich nie nachlässig. Ein Schritt, eine Handbewegung, und schon ist es eine Stierkämpferparodie oder ein pfiffiges Romeo-Ballett. Litze ist zuckerkrank. Er wird mir den Schnaps vortrinken, der uns beiden verboten ist. Ich werde der Bürgerliche sein, der sich nicht traut. Litze dagegen hechelt gern vor Zynismus. Seine Hose hängt so tief als sie kann. Das Nylonhemd pappt rundum. Wirft aber noch zwei Brandblasen. Die paar hellen Haare hängen auf der gleißenden Kopfkugel herum wie gerade gesetzte Reispflanzen. Also im Feuchten. So ein Stierkämpferparodist Litze hat ja nichts zu lachen in einer Stadt wie der unseren.

Man halte es nicht für eine Übertreibung, wenn ich sage, diese Stadt liegt auf der schwäbisch-bayerischen Hochebene. Und ein Lokalredakteur kann eben nicht andauernd nach Paris fahren. Und weil ich doch immer wieder mal zweifle, ob ich hier überhaupt gebraucht werde, war es anfangs eine große Genugtuung für mich, daß ich Litze von Nutzen sein konnte. Er hat mich aber nie gezwungen, sein Bad, sein Clo, sein Zimmer zu säubern. Das tat ich freiwillig. Weil ich da von zuhause her andere Ansprüche stellte. Litze sang gern sehr laut. Ich glaube nun, wer in seiner Wohnung immer so laut singt und sich nur stierkämpferhaft bewegen kann, der übersieht manches, was ein leiserer und weniger bewegungsbegabter Mensch nicht übersehen kann. Litzes Blicke zucken lieber von der tropfenden Wäsche zu den Ballettphotos oder zu meinen Ohrläppchen. Ich aber imitiere meine Mutter und verfolge, sanft die Unendlichkeit häuslicher Arbeit beklagend, Unordnung und Staub. Nie wieder werde ich für jemanden so wichtig sein wie für Litze. Heute, da Litze tot ist, gestehe ich, daß ich mir in Litzes Dienst augenblicksweise doch vorkam wie ein protestantischer Ehemann, der seiner katholischen Frau zulieb mit in die Messe geht und das liturgische Laienspiel nie ganz erlernt; immer wieder verwechselt er die Wandlung mit der Opferung. Aber Litze war gütig. Er liebte mich. Nie mehr wird mich jemand so lieben wie Litze mich liebte. Wer, wenn nicht der mich liebende Litze hätte entdecken können, daß ich eine Begabung habe für Nachrufe.

Nu hör endlich auf, die Leute zu verteidigen, dies miese Nest, die ganze schofle Mischpoke, schrie er mich einmal am Nikolausabend an. Litze duzte mich, obwohl Helga dabei war. Gleich hatte ich Puls im Hals. Helga befreite die künstliche Rose aus ihrem wirr dichten Haar und reichte sie Litze hin. Litze wurde ganz starr, riß den Blick aus dem blauen Schilf, bohrte mich an mit seinen rundesten Augen und sagte: Moment, Du wirst von jetzt an die Nachrufe schreiben, dann kannste ja so gut daherreden wie De willst.

Jeder, der starb und sich vorher genügend bekannt gemacht hatte, wurde in unserer Zeitung gewürdigt. Für Litze war das eine widerliche Pflicht. Litze wäre gern Auslandskorrespondent geworden. In Rom oder in Paris. Also haßte Litze alle, denen es gelungen war, sich in Rom oder in Paris einen Namen zu machen, der bei uns mit einem Nachruf versehen werden mußte. Ich wurde Litzes Spezialist für Nachrufe. Und tatsächlich, ich selber muß sagen, am besten weiß ich mich auszudrücken, wenn es sich um Tote handelt. Im Gegensatz zu Litze, habe ich gegen einen Toten nichts mehr einzuwenden. Je schlimmer einer bei Lebzeiten war, desto angenehmer kann man doch seinen Tod empfinden. Litze pflegte zu schreien: hat einer einen Namen, ist sicher was faul. Meine Erfahrung reicht nicht aus, Litze zu widersprechen. Meine Frage lautet so: Feiert man nicht auch das Ende der Pest und der Kriege? Also laßt uns doch auch den Tod gewisser Männer in Nachrufen feiern. Insgeheim hoffte ich natürlich, aus mir wäre ein Historiker zu machen. Nach kurzer Einübung gelang es mir nämlich, das Leben und die Leistung berühmter Zeitgenossen so darzustellen, daß der Tod sein Bitteres verlor. In meinen Nachrufen war der Tod immer eine Bestätigung dafür, daß der Gestorbene lange genug gelebt hatte. Handelte es sich um einen Todesfall in unserer Stadt, so trug die von mir erzeugte Schicksalsmilde oft dazu bei, daß sich Angehörige und Gegner des Gestorbenen plötzlich versöhnten. Und mir begegnet man seitdem mit Respekt. Tauche ich schon mal in einer Gesellschaft auf, so fragt man

mich, wer denn nun dran sei. Das macht mich oft fast stolz.
Litze, der Nachrufe endlich ledig, spezialisierte sich seinerseits ganz auf Grausamkeit. Helga sagte: heute muß sich eben jeder spezialisieren. Ich küßte ihr dafür eine ihrer kleinen weißen Schläfen.
Litze war der bessere Schreiber, das gebe ich gern zu. Irgendwann werde ich seine Artikel sammeln und herausgeben. Wie er einen Verkehrsunfall zu schildern verstand! Als wäre er nicht nur selber dabei gewesen, sondern als hätte er den Unfall sogar selber und in voller Absicht herbeigeführt. Ein Verkehrsunfall wurde unter Litzes Händen eine Art Schachpartie mit tödlichem Ausgang. Und die vielen, sehr verschiedenen Selbstmorde schilderte er, als habe er selbst den Strick gereicht, den Hahn aufgedreht. Die von älteren Fräuleins gequälten Hasen erlebten in Litzes Sätzen ihre Folterungen noch einmal, die Schreie jener Hasen hallten nach Erscheinen des Artikels noch nächtelang über die ängstliche Stadt hin, indes Litze, schon wieder Neues witternd, seine Notdurft in den Silcherbrunnen prasseln ließ. Litze wurde der Meister des Brutalen. Ich kenne keinen Glaubwürdigeren unter den Brutalisten als ihn. Zu diesem Gewerbe gehört Menschenhaß. Und den eben hatte Litze. Das Schöne war bei ihm, er war nicht Herr seines Hasses. Er vermochte ihn nicht zu bewirtschaften. Also eine Karosseriefabrik zum Beispiel hätte er mit seinem Haß nicht betreiben können. Müßte ich nicht fürchten, daß draußen, in der größeren Welt, ein anderer Begriff der Schicklichkeit

herrscht, würde ich hierhersetzen, was Litze schrieb über den sonderbaren Korvettenkapitän a. D., der im Rappenbachviertel wohnte und sich eines nachts selber die Hoden im Schraubstock zerquetschte. Zur Erhaltung seiner Selbstachtung, schrieb Litze. Wer diese Litze-Arbeit liest, kennt Litze. Aber so kann man wohl nur hier schreiben, unter Leuten, die der Viehzucht immer noch nahestehen. Litze feierte den Korvettenkapitän als einen neuen Mucius Scaevola. Ich schlug nach und verstand, wie Litze das meinte.
Lastzüge fauchten vorbei. Ich bot mich an, wenigstens einen Reifen des Anhängers zu streicheln. Ich gebe zu, ich hielt es plötzlich für dringend notwendig, diese gewaltigen Gefährte zu beruhigen. Sie brachen durch das Städtchen, als würde aus allen Fenstern siedendes Pech nach ihnen geschüttet.
Ich kann auch beschwören, daß ich immer wieder den Namen meines Freundes fast hörbar murmelte. Ich hatte doch die Zeitung täglich verfolgt. Litze war schlimm dran. Die Hitze steigerte alles, aber dann verhinderte sie das Entscheidende. Und die Geräte lieferten statt Fußball nur trocken tropfendes Tennis. Der große Brutalist Litze lebte seit Wochen kläglich von auswärtigen Meldungen. Ersatz aus Kaiserslautern, den er beschämt aufputzte. Offenbar hatte er auch einen Unhold in den Anlagen. Aber es wurde und wurde nichts daraus. Machte ein Mädchen bloß Quieks, war der wieder weg. Und Litze ließ die Unterlippe hängen, als wolle er einladen zur Besichtigung seines schwindenden Zahnfleischs.
Ich, sein einziger Freund und Schüler, wollte ihm

etwas Erquickendes mitbringen. Links und rechts atmeten junge Frauen. Hörbar. Zwischen Erwartung und Empörung. In den Augen die Trockenheit. Bitte, ich bin kein ununterbrechbarer Psalmist. Auch kann ich mir meine Auffassung nirgends patentieren lassen. Aber an jenem Tag hörte ich einfach die Hunnen ums Lechfeld reiten und dann wieder schwärmten sie herüber und um unsere Stadt und konnten sich nicht entschließen. Dann schluckte sie der Schatten des Rickenwaldes. Es gibt einfach Tage, die dienen der Vorbereitung. Also muß man warten können. Litze, lieber Vinzenz, ich komme. Aber nicht mit leeren Händen. Du hast mich nicht angerufen. Feinfühlig ist das nicht, aber bitte. Ich bin ein undeutlicher Mensch, nicht so leicht zu verletzen. Gegen Mittag hatte ich endlich eine Spur. Kaffeehändler Heimpel, der immer mit der eigenen Rösterei prahlt, habe aus einem Sack nicht nur grünen Kaffee geschüttet, sondern auch einen toten Brasilianer. Heimpel, der von sich und seinen Angestellten immer weiße Mäntel verlangt, soll erschrocken sein. Polizeimeister Gierer hat angeblich alles mit zwei Fingern einer der ältesten Schreibmaschinen anvertraut. Und weil unsere Leute zum Überfluß neigen, sagen sie gleich dazu: ein unverbrauchter Nachfolger Gierers werde sich hoffentlich weigern, mit dieser Maschine irgendeinen Fall aufzunehmen. Nun könnte Heimpel, sagen die listigen Hausfrauen, mit Hilfe des toten Brasilianers beweisen, daß er seinen Kaffee nicht aus Sachsen bezieht (wo Heimpel herstammt), sondern aus Brasilien. Das tut er aber nicht. Er zieht es vor, an diesem heißen

Tag in seinem Ladenlokal kostenlos Kaffee reichen zu lassen. Litze zuliebe schleppte ich mich hinter dieser Sache her. Aber nach kraftraubenden Recherchen mußte ich einsehen, daß der tote Brasilianer wahrscheinlich eine Erfindung unserer Leute war. Man hatte sich gewundert über die großzügige Einladung des Kaffeehändlers Heimpel und hatte sich dann den toten Brasilianer sozusagen konsequent entwickelt. Polizeimeister Gierer jedenfalls will nie seine zwei Schreibmaschinenfinger für einen toten Brasilianer in Bewegung gesetzt haben. War das nicht eine Erscheinung wie Skorbut? Die Bevölkerung wird von Litze im Stich gelassen. Litzes Artikel fehlen, wie nur Vitamine fehlen können. Man erkrankt und produziert tote Brasilianer in Heimpels Kaffeesäcke.
Ach Litze, ich habe mich wirklich bemüht, Dir etwas Hilfreiches zu melden. Aber dieser Tag lag in der Hitze wie die Sau im Sud. Ich stand unter Juwelier Kammholzers Markise und sah mir sein Goldparlament an und hob die Hand zum Einbruch und ließ sie wieder sinken. Am liebsten ließe ich nachträglich noch den Landrat in Spielhöschen gänzlich zergehen. Ich machte mir hoffnungsvoll in den Anlagen zu schaffen. Las endlich Vollbedingers Tafeln. Sah weg von den Tafeln und sah auf die Damen, die am Anlagensee promenierten und dann und wann querab was ins Wasser warfen. Den Schwänen zu. Auf den Tafeln ließ Vollbedinger verkünden, Schwäne seien keine Kolkraben, also sei es nicht statthaft, sie zu Fleischfressern zu machen. Anlagendirektor Vollbedinger verbot dies sogar ausdrücklich. Aha, dachte ich.

Moment, Litze, laß mich das eine Zeit lang beobachten. Ich bin auf einer neuen Spur. Obwohl ich, als Spezialist für Nachrufe, den im freien Gelände spürenden Journalismus nicht erlernt hatte, durchschaute ich bald, was hier geschah. Die Damen, durchweg aus unserer besseren Gesellschaft, fütterten die Schwäne mit Fleisch. Frau Hagen, die den Anlagenkiosk nur bewirtschaften darf, weil die Stadt es erlaubt, Frau Hagen verkaufte den Frauen das Fleisch in Form von Bouletten. Ihr Mann, der sonst die Zähler abliest, radelt immer wieder her und schüttelt seinen Rucksack in die Aluminiumwanne hinterm Ladentisch. Ein Hubschrauber, der wie die Parodie des ausbleibenden Gewitters vorbeiflog, erschreckte die Frauen nur eine Minute lang. Guß-guß-guß, schrieen sie gleich wieder und fügten primitive Männernamen hinzu. Die Schwäne kamen heftig her und schnappten. Hatte eine ihr Zeug verfüttert, war sie schon wieder am Kiosk. Frau Hagen, sagte ich, Frau Hagen! Was wollen Sie, sagte Frau Hagen, das ist Saison. Und sie zeigte mir, welche Frau die Frau des Anlagendirektors Vollbedinger sei. Helga, rief ich, sozusagen in Not, Helga, wo bist Du? Sie war unter einer Weißtanne und studierte eine Zunge aus Harz. Ich machte eine der Damen auf ihr unvorschriftsmäßiges Tun aufmerksam. Und was tut Patz, der junge Patz, was tut denn der? Diese Frage war ihre Antwort. Ach Patz, ja, der junge Patz. Der sei abgebraust. Der blonde Wladimir. Kaum hatte ich das erfahren, empfand auch ich seine Abwesenheit. Sein roter Sportwagen fehlt uns, sobald wir daran denken, daß er nicht da ist. Für den Vater Patz muß es zwar erholsam sein, seinen Sohn in der Ferne zu wissen. Es heißt ja, der alte Patz könne sich oft nicht mehr anders helfen als dadurch, daß er seine Hände vor's Gesicht schlage. Jeder, der Wladimir mit einem jungen Ding in den Abend fahren sieht, denkt daran, daß der alte Patz am Schreibtisch sitzt, die Hände vors Gesicht geschlagen. Und wer Wladimirs letzte Tat schildert, fügt hinzu: der alte Patz ist nicht zu beneiden. Nachts fährt Wladimir in Heubergers Schaufenster hinein, greift sich eine der zierlichen Puppen, schaltet den Rückwärtsgang ein und hat schon wieder eine Wette gewonnen. Wladimir ist der fröhlichste Held, den eine Bevölkerung haben kann. Er ist die Jugend, die noch nicht ins Büro muß. Er ist die Opposition, der Reichtum, die Anarchie, die schönste Hupe nördlich der Alpen. Und Litze ist sein Geschichtsschreiber. War es. Litzes Kunst ist es zu danken, daß die Bevölkerung Wladimirs Taten und den Kummer seines Vaters gleich stark empfindet. Litze hat da eine Balance des Gefühls geschaffen, wie sie sonst nur noch bei Shakespeare erworben werden kann. Selbst wenn Wladimir, der jetzt ja auch schon fünfundzwanzig vorbei ist, inzwischen lieber pünktlich im Direktionshaus der Lederfabrik erscheinen würde, um Briefe zu diktieren, er dürfte es nicht. Seine Abwesenheit in jenen heißen Augusttagen hat es uns allen wieder gezeigt. Und Litze ohne Wladimir, das ist wie Thukydides ohne Perikles. Und vom Schlimmsten, von Wladimirs Abwesenheit, hatte mir Litze nichts erzählt. Der gute Vinzenz. Wer ist eigentlich hier kein Held! Ich geb es jetzt zu und widerrufe es nicht, auch nicht vor dem Staatsanwalt: ich war schon am Vormittag kurz bei Litze, sah ihn schnappen und schwitzen. Ich säuberte seine Wohnung. Dann ließ ich ihn sitzen. Inmitten einer von mir hergestellten Ordnung ließ ich ihn sitzen. Ich erkläre es mir jetzt so: Litze roch schon. Fischhändler werden mich verstehen. Bitte, ein Gewitter mit Wolkenbruch, und ich hätte gesagt: Vinzenz gehen wir baden. Das hätte ich gar nicht erst sagen müssen. Ein Gewitter mit Wolkenbruch, und Vinzenz wäre wieder flott gewesen. Oder eine Postkarte von Wladimir. Oder ein zweiter Korvettenkapitän, der per Telephon mitteilt: lieber Litze, kommen Sie, heute abend lohnt es sich. Oder der Unhold in den Anlagen hätte endlich sein an Hamlet geschultes Zögern beendet. Aber wenn alles unterbleibt, dann kann ich auch nicht helfen. Gern gestehe ich auch, daß Litze mir zuwider war, wie er da saß in seinem Hemd, in seiner Hose. Der Fischblick. Das quappende Maul. Hechelnd und Schnaps schwitzend. Selbstverständlich begann ich, gleich nachdem ich Litze verlassen hatte, mir Vorwürfe zu machen. Als ich dann alle Vorwürfe gegen mich gesammelt hatte, verließ ich die Anlagen und watete langsam, langsam stadtauswärts. Litze, sagte ich, auf mich kannst Du Dich leider verlassen. Ich komm jetzt und halt Dir die Hand, bis wieder Ereignisse kommen, die Dich flott machen.

Wie allgemein bekannt geworden sein dürfte, wurde gegen halbsechs Anlagendirektor Vollbedingers siebenjährige Tochter auf der Eigerstraße von einem

Lastzug, wie man sagt, erfaßt und dann auch getötet. Frau Vollbedinger war natürlich unvorbereitet. Während sie Guß-guß rief und Bouletten zerbröckelte, kam Frau Hagen aus dem Kiosk, legte ihre Hand auf Frau Vollbedingers Unterarm, sprach wie der Bote im Stadttheater. Herr Vollbedinger war noch im Amt und projektierte die Aufstellung neuer Warntafeln. Wahrscheinlich stand unter uns Zuschauern auch der Unhold, nun endgültig ermattend. Vielleicht war er jetzt glücklich. Ihm war etwas abgenommen worden. Könnte nicht auch ich diesen Tag hier enden lassen? Die Stelle wäre schrecklich genug. Damen, die rasch noch Bouletten ins Gebüsch geworfen hatten, atmen aus und schauern wie unter plötzlichem Hagel. Sprang nicht ein junger Blitz versuchsweise über den Rickenwald hin? Ein Donnerhündchen bellte nach. Die Vögel in den Baumkronen erfüllten endlich ihre Pflicht. Hunde spurten wieder. Die von der Polizei und die vom Krankenhaus zelebrierten für uns die Unfallmesse. Rundum wurde mehr aus- als eingeatmet. Jetzt noch ein Gewitter oder gar die sofortige Rückkehr des Helden Wladimir zu verlangen, zeugte von krankhafter Unersättlichkeit. Ach Litze, jetzt schau, es ist geschehen. Blutig, ein Opfer, siebenjährig, großartige Umstände. Beschreib diesen fürchterlichen Fall. Dann darfst Du Dich wieder sehen lassen auf der Straße, ohne Angst zu haben, man zerreiße Dich wie den Raubtierwärter, der das Fleisch nicht bringt. Und rascher als ich durfte, ging ich in die Füssener Straße, um meinen lieben Litze zu trösten. Aber mein lieber Litze hatte nicht gewartet. Mein lieber Litze

war ungeduldig geworden. Er hatte sich also einen schönen Anzug angezogen, einen geradezu violetten Anzug, dann hatte er sich mit Hilfe seines biegsamen, aber vergoldeten Wäschedrahts, zu dem seine Augen sich so gern flüchteten, einfach erhängt. Ich bin in Versuchung, Litze zu imitieren. Ich bin aber nicht Litze. Ich weiß wirklich nicht, wie es zugegangen ist. Ich weigere mich, so zu tun, als wäre ich dabei gewesen. Meine Sache sind Nachrufe, nicht Schilderungen. Ich behaupte auch: wie er ausgesehen hat, als er da hing, habe ich vergessen. Ich ließ die Tür weit offen stehen und ging. Der Abend war keineswegs kühler geworden. Mir persönlich wäre ein Gewitter immer noch sehr willkommen gewesen. Wie von selbst ging ich ins Krankenhaus. Professor Höpfl, mein Internist, stand, schon in Zivil, am Rosenrondell und versuchte einem Rekonvaleszenten zu entkommen. Er schaufelte ihn mir in die Arme und schlüpfte ins Auto. Ich weigerte mich, dem zuzuhören, der mir erzählen wollte, wie er übermorgen alles antreffen werde, zuhause. Die Oberschwester lehnte es dafür auch ab, mich wieder aufzunehmen. Das ist ein Rückfall, sagte sie. Das kommt öfter vor, daß Patienten, die lange bei uns waren, kurz darauf wieder kommen und einfach bleiben wollen. Ich bestell Ihnen jetzt eine Taxe. Da ich ihr zeigen wollte, daß es noch Unvorhersehbares gibt, sagte ich: ich will keine Taxe. Machte kehrt und ging. Es war nun schon dunkel. Ich rief Helga. Wir blieben aber beide wortlos. Der Weg in die Diözesansiedlung erwies sich als ein weiter Weg.
Helga rieb des öfteren ihre Schläfe an meinem Ohr.

Zuhause weckte sie gleich die Mutter und sagte: Litze ist tot. Helga und die Mutter umarmten einander so, daß ich ihre Gesichter nicht sehen konnte. Mir kam es vor, als dauerte die Umarmung zu lange. Ich ging in mein Zimmer. Helga kam sofort nach. Schreib jetzt keinen Nachruf auf Litze, sagte sie. Warte noch. Ich wartete. Litze gab nicht nach. Er schwang sich auf zum Heiligen. Einen ganzen Sommertag beansprucht er für sich. Jedes Mal erscheint er mir mit noch mehr Insignien. Bouletten, Autoreifen, Hubschrauber, Kaffeesäcke. Er läßt es um sich schweben. Das Gold seines Wäschedrahtes verwendet er wie nur ein alter Meister. Ich gebe nach. Er soll seinen Tag haben wie andere Heilige auch. Helga empfiehlt mir zwar, ich möge säuberlich trennen, was getrennt geschah; Helga sagt, ein Tag sei ja kein Herd, in dem ein Scheit das andere entzünde, aber selbst Helga kann mich vor Litzes Heimsuchungen nicht schützen. Ich hätte gern eine Geschichte erfunden, die Helga und Litze mit einander versöhnt. Darauf verzichte ich zugunsten der Heiligsprechung Litzes. Vorerst ist das eine private Heiligsprechung, das gebe ich zu. Aber die Wirkungen, die Litzes Tod hatte, erlauben es fast, von einem Opfertod zu sprechen. Schon um meinetwegen hoffe ich, Litze habe seinen Tod überhaupt so gemeint. Er kannte doch unsere Leute. Also fühlte er sich verpflichtet. Und tatsächlich zehrten dann auch alle heftig von seinem Tod. Und das Wunder: sein Tod reichte für alle, sie lebten ruhig und in Frieden, bis Wladimir heimkehrte und es endlich anfing zu regnen.

Mitwirkung bei meinem Ende

Er stieß das Gartentor auf, als habe er es zu prüfen. Genähert hatte er sich aus der Richtung, aus der sich Besucher nähern, die nachher angeben, sie kämen aus Zürich.
So ein spröder junger Mann, dachte ich.
Als mischte ich mich schon zu sehr in seine Angelegenheiten, wenn ich vermutete, er käme aus Zürich, verbot er mir, ihn mit irgendeiner Stadt in Verbindung zu bringen. Der wartet noch ab, dachte ich, läßt sich Angebote machen und wählt dann, aus welcher Stadt er sein will. Weil ich weiß, daß mir so etwas viel zu sehr imponiert, spielte ich den vorsichtigen Älteren. Er aber sagte: Bei Ihnen hat man es nicht schwer, wenn Sie einen sofort bewundern. Und weil er alles bemerkte, was wichtig war, bemerkte er auch, daß ich jetzt rot wurde. Er lachte herzlich laut und konnte sich kaum im Sessel halten, so schüttelte ihn die Heiterkeit. Ich schaute zu, konnte mich auf nichts gefaßt machen. Das wäre aber nötig gewesen. So ein Besucher mußte einmal kommen. Man weiß es doch. Aber jeden Tag läßt man sich wieder die Milchkanne in die Hand drücken oder sinkt zwischen einer fast schon gerauchten Zigarette und der warmen Hauswand hinab in die Zukunft, zu Freunden nach Maß, Würmern und unverdaulichem Porzellan, dann kommt aber der junge Besucher und lacht. Hier also mußt Du weiterleben. Zuschauen mußt Du, bis er

sein Lachen freiwillig einstellt. So, so sagte er, Sie benützen also tatsächlich noch immer Regale. Gegen meinen Willen sagte ich: Sie billigen das nicht? Warum nicht, sagte er. Bitte, Sie können darauf bestehen. Das ist eben Ihre Methode.
Er sah mich an, als interessierte ihn an mir nichts mehr. Ich überlegte, wofür ich mich entschuldigen könnte. Sollte ich geltend machen mein tatsächliches Leben an Ort und Stelle? Die unausgesprochene, aber spürbare Billigung der Nachbarn. An Feiertagen zum Beispiel, wenn man hinter den Kindern hergeht. Meine Methode? Er hatte mich abgetrennt von jedem erhoffbaren Zusammenhang mit der Fachwelt. Eigentlich hatte er gesagt: Wenn Sie so vorgehen, müssen Sie sich nicht wundern.
Wieviel Erfahrung mußte dieser junge Mann schon gesammelt haben! Einen Blick hatte er auf mein Haus und meinen Garten und einen Blick auf mich geworfen, und er wußte, was er wissen mußte. Aber er ging nicht vor wie die Besserwisser, die man widerlegen kann. Ich kann zum Beispiel nicht behaupten, er habe eigensinnig über ein Thema gesprochen, etwa über seine eigene Methode. Fenimore Cooper, sagte er einmal, hat anschaulich beschrieben, wie die Indianer das in die Hand nehmen. Diesen Satz weiß ich noch, weil ich gern gefragt hätte, wo dieser Fenimore Cooper aufzutreiben und wo dann bei diesem Fenimore Cooper der wichtige Abschnitt zu finden wäre. Aber ich hatte sofort gespürt, daß es sich nicht schickte, den Weg zu diesem so wichtigen Abschnitt einfach aus meinem Besucher herauszufragen. Er hatte sich offen-

bar Mühe gemacht. Ich nahm mir vor, jenen Fenimore Cooper solange durchzublättern, bis ich den Abschnitt finden und dadurch gewissermaßen ehrlich erwerben würde.
Hier kommen Sie ja kaum darum herum, dem Briefträger die Hand zu geben, stellte der riesige junge Mann plötzlich fest.
Sehr genau erinnere ich mich auch daran, daß er sagte, seinem Freund in Warschau könne er blind vertrauen. Der tut mehr für mich als ich selber, sagte er. Durch seinen Freund kennt man ihn dort.
In diesem Fall war es noch viel deutlicher als in dem von Fenimore Cooper, daß ich mich nun nicht frech meines Besuchers bedienen konnte, um mir etwa den Osten, ohne den wir in unserem Fach kaum mehr auskommen, einfach durch einen Mann öffnen zu lassen, der eben nicht mein Freund, sondern der Freund meines Besuchers war. Ich sah gleich ein, daß ich selbst nach Warschau reisen müßte, oder besser noch, um einen Schein von Originalität zu wahren, nach Prag. Aber wie sollte ich in Prag jemanden dazu überreden, mein Freund zu sein? Mehr für mich zu tun als ich selber. Ohne einen solchen Freund, sagte mein Besucher noch leichthin, kann man es heute gleich aufgeben.
Nun kam meine Frau gerade vom Einkaufen zurück. Das war keine glückliche Fügung. Erschöpft ließ sie die schweren Netze auf den Boden sinken, ihr Gesicht schimmerte, zum Atmen bedurfte sie eines offenen Mundes. Der junge Riese benützte die Gelegenheit und sagte: Richtig, Sie sind ja verheiratet. Der Ton

erinnerte mich an seinen Satz: Bitte, Sie können darauf bestehen. Das ist eben Ihre Methode. Plötzlich kullerten jetzt auch noch alle meine Kinder herein. Es sind sehr lebendige Kinder, sie bewegen sich immer rasch und unvermutet. Obwohl es nur vier sind, muß der ungeübte Zuschauer im ersten Augenblick den Eindruck haben, es seien sechs oder sieben. Mein Besucher wartete dann auch gar nicht erst ab, bis die Kinder zur Ruhe kamen und zählbar wurden. Er rief sofort: Eine ganze Schar. Und zu mir sagte er leise: Das läßt sich offensichtlich nicht vermeiden. Um ihm zu beweisen, daß ich mich nicht unterkriegen lasse, befahl ich den Kindern, sich hinauszuscheren. Die zwei Kleineren, die noch nicht jeden Befehl verstehen, trug ich selber hinaus. Meine Frau trieb die zwei Älteren vor sich her. Es war seit dem Einbruch der Kinder noch keine Minute vergangen, da saß ich meinem Besucher wieder gegenüber und sagte: Sehen Sie, so schlimm ist es gar nicht. Man muß nur energisch durchgreifen. Ja, ja, sagte er, wieviel Energie man da doch verbraucht. Ein Mißverständnis, sagte ich zu leise als daß er es hätte hören können. Er hatte eine sichere Art, einen Satz so zu beenden, daß man spürte, an einer Antwort ist ihm nicht gelegen, er will jetzt vielmehr selber weitersprechen. Das tat er auch gleich. Wissen Sie, sagte er, ich bin ein Glückspilz. Ich nickte. Das war ihm aber nicht genug. Sie können das bezweifeln, sagte er. Ich sagte: Entschuldigen Sie bitte, das würde mir schwer fallen. Nun gut, sagte er, für andere haben Sie offenbar einen scharfen Blick. Er ging im Zimmer hin und her, griff eine Vase, einen

Aschenbecher, bog einer Blume die schützenden Blütenblätter auseinander, aber mit Fingern, die mir dazu sehr geeignet schienen, neugierig schaute er hinein, lachte mit hüpfenden Schultern, drehte sich ganz rasch mir zu und sagte, indem er mit einem seiner langen, wenn auch nicht mit dem längsten seiner Finger scharf zeigte: Ihnen tränt ein Auge. Ich faßte hin, spürte es noch bevor ich hinfaßte, tatsächlich, wie auf Befehl tränte mein linkes Auge. Das war mir ganz neu.
Das sind so Fertigkeiten, die man ausbildet in der Einsamkeit, sagte er. Damit haben Sie hier herum wahrscheinlich viel Erfolg. Warum auch nicht. Es macht sich gut. Wenn Sie mir zeigen, wie man das macht, zeig ich Ihnen das. Und im Nu ließ er seine Nasenspitze einen kleinen Kreis beschreiben. Und zwar im Uhrzeigersinn. Und jetzt, passen Sie auf, sagte er. Er öffnete den Mund und ließ die Zunge gegen den Uhrzeigersinn kreisen. Mozart, dachte ich. Als er sich vorstellte, glaubte ich, ich hätte mich verhört. Als ich ihn aber da stehen sah, Zunge und Nasenspitze gegen einander kreisen lassend, da wußte ich, daß ich recht gehört hatte. Mozart. Kein Zweifel. Seine Hände ließ er waagrecht schweben. Sie vibrierten, während Zungenspitze und Nasenspitze immer noch kreisten. Schließlich lachten wir beide. Er warf noch rasch seinen rechten Arm in die Luft, ließ ihn an vielen Stellen abknicken und dann plötzlich ruhig und gerade im Raum stehen, nur ganz draußen kreiste jetzt eine Fingerspitze. Dort ist Europa, sagte er. Ich lächelte beifällig, um mich als Fachmann auszuweisen. Paris, Paris, sagte er.

Sie geben zu, sagte er, man kann von mir nicht verlangen, daß ich Sozialist werde. Ich sagte sofort, daß ich das nicht von ihm verlangen würde. Sie dagegen, sagte er, Sie haben so Neigungen. Ich errötete wieder. Er sagte: Ich werde meinen Freunden in Paris von Ihnen erzählen.
Ich sagte: Bitte, machen Sie sich keine Mühe.
Aber natürlich, sagte er, natürlich werde ich denen erzählen, wie es bei Ihnen zugeht! Ich werde meinen Besuch etwas transponieren. Sagen wir, ich wäre an einem Sonntagvormittag gekommen. Sagen wir ruhig, an Pfingsten. Die vielen Kinder, alle im gleichen Schottenmuster.
Nur die Mädchen, sagte ich.
Schön. Die Buben ...
Es ist nur einer, sagte ich.
Da schwieg er. Zum ersten Mal sah er mich fast feindselig an. Ich entschuldigte mich, gab zu, daß meine Korrekturen meinem Hang zur Kleinlichkeit entsprungen seien. Er möge sich bitte seine für Paris bestimmte Erzählung nicht von solchen Einwänden verderben lassen, andererseits bäte ich ihn aber doch zu verstehen, daß ich, an Ort und Stelle lebend, darauf hinweisen müsse, daß an Pfingsten hier im Zimmer nur ein Kind männlichen Geschlechts anzutreffen sei.
Es gelang mir, ihn umzustimmen. Er verzieh mir. Das sei eben meine Art, der durch die Umstände bedingte Blickwinkel. Er begreife schon, daß ich, was das Wesentliche und das Unwesentliche angehe, eine andere Ansicht haben müsse als einer, der milde gesagt, von Paris aus urteile.

Plötzlich drängte er hinaus. Sein Zug? Ein Freund mit dem Wagen? Eine Theaterkarte in München? Ein jäh erwachendes Bedürfnis nach frischer Luft? Ich weiß es nicht. Ich begleitete ihn hinaus. Meine Frau war mit den Kindern verschwunden. Schon pries ich in meinem Gefühl den feinen Instinkt meiner Frau. Wahrscheinlich, dachte ich, hat sie sich mit der kleinen Bagage im Keller eingeschlossen; sie muß gespürt haben, daß dieser Besucher sehr strenge Urteilsgewohnheiten hatte. Schon lenkte ich den großen und doch so leichten jungen Mann durch die Haustür, da lief den Gartenweg herauf Herr Pickel, mein Nachbar, kam auf uns zu, schwenkte was in der Hand, war da und schnaufte und sagte, er komme gerade aus seiner Dunkelkammer, da seien die Photos vom vergangenen Sonntag. Er blätterte die Photos auch gleich auf, fügte jedem Photo die üblichen Angaben hinzu über Belichtung und Schärfe. Ich sah an den langen Beinen meines Besuchers hinab, verweilte mit den Augen auf seinen bewegend schmalen Schuhen. Mozart, dachte ich, erschrak, brachte meinen redseligen Nachbarn fast mit Gewalt zum Verstummen, entschuldigte mich bei dem jungen Mann, aber es war zu spät. Ich bitte Sie, sagte er, wie behandeln Sie Ihren Nachbarn. Oder ist das etwa nicht Ihr Nachbar? Ich schwieg. Herr Pickel, jedem Geschick durch Redseligkeit begegnend, schilderte sofort unser nachbarschaftliches Verhältnis. Seine Frau und meine Frau und die Kinder, fehle hier das Öl, fehle dort mal das Salz, und alles belegte er mit den Photos vom vergangenen Sonntag.

Mozart lachte, nickte, drehte sich schön aus Pickels Reichweite heraus, winkte mir noch zu, ging, dann und wann hüpfend, den Weg hinab, Pickel wandte sich ganz mir zu, entschuldigte sich für eine Unschärfe, ich sah den großen jungen Mann verschwinden, wollte ihm nach, ihn um seine Anschrift bitten, falls er glaube, ein Briefwechsel sei noch möglich, aber Pickel faßte mich am Arm, hielt mich mit der Kraft, die die Begeisterung verleiht und sagte, auf eines seiner Bilder deutend: Und der an der Teppichstange sind Sie. Ach ja, sagte ich, das bin ich. Eine gute Aufnahme, sagte Pickel. Vor allem die Tiefenschärfe, sagte ich, weil ich weiß, was Pickel hören will. Pickel sagte: Bei Gegenlicht. Ja, sagte ich, es muß fast schon Abend gewesen sein. Das sagte ich so und hatte es noch nicht gesagt, da legte ich, zu meiner Bestürzung, meinen Kopf auf die Schulter meines kleinen Nachbarn Pikkel. Da keine seiner Schultern besonders breit ist, rührte ich mit einer Schläfe an seinen Hals.
Ich selber muß sagen: Das war ein ungewöhnliches Benehmen. Und doch, wenn man an alles denkt, so scheint dieses Hinsinken auf Pickels Schulter schon möglich. Ich meine damit: Ich hätte dieses Hinsinken berichten können, selbst wenn es nicht geschehen wäre. Der junge Mann, dieses Untier namens Mozart, bei Gott, ich hatte Gründe. Aber Herr Pickel, was tat Herr Pickel?
Es muß fast schon Abend gewesen sein, sagte ich und legte den Kopf auf seine Schulter. Und Pickel, ein Nachbar, mit dem ich nie etwas Nennenswertes vorhatte, der an diesem Nachmittag keinen vergleich-

baren Besucher empfangen hatte, Pickel ließ seine Wange herübersinken, mir auf die Haare, dann streichelte er mich, streichelte mich, als sei das schon immer vorgesehen gewesen.

Bolzer, ein Familienleben

Frau, oh Frau, schreit Maximilian Bolzer. Genau so gut könnte er schluchzen.
Werktags ist Bolzer Vorarbeiter in der Gießerei der Herdfabrik. Davon wird ihm die Haut allmählich grau.
Heute packt er's, flüstert der dicke Herr neben mir und schiebt den Zahnstocher so tief in den Mund, daß der nicht mehr zittern kann.
Wenn es darauf ankommt, werde ich die zwei Polizisten anrufen. Sie müssen bezeugen, daß ich heute als erster da war. Der Dicke will auch noch seiner Frau einen Zaunplatz erschwindeln, das spür ich schon. Unter seiner Achsel hat er sie durchschlüpfen lassen, allmählich taucht sie jetzt auf.
Schau, Lotti, schau, heute packt er's, sagt der Dicke, der zum Überfluß noch einen Gamsbart an den Hut gesteckt hat. Die Polizisten könnten wirklich dafür sorgen, daß am Zaun jeder zu seinem Recht kommt.
Ich finde, letzten Sonntag war er besser, sagt die Frau des Gamsbarts und zieht einen Teil ihrer Oberlippe so am Zahnfleisch hoch, daß ein Goldzahn leuchten muß und ein gemütloses Seufzergeräusch entsteht. Das verachte ich gründlich. Zuletzt kommen, den besten Zaunplatz erschwindeln und dann gleich Urteile von sich geben. So tun, als gebe es der Familie Bolzer gegenüber einen Fachmann. Schon spür ich auch die spitzen Knochen der uralten Dame von links.

Ihr hängen die Kleider immer wie naß am Leib herab, als komme sie gerade von einem Schiffbruch. Tatsächlich fühlt sie sich, wenn sie sich neben einen drängt, ziemlich feucht an. Auch sie ist heute nach mir gekommen. Und die Polizisten tun, als wären sie nicht da.
Oh Frau, schreit Maximilian Bolzer schon zum dritten Mal. Los jetzt, mach schon, rufen ein paar junge Kerle, die mit ihren Motorrädern so nahe an den Zaun gefahren sind, daß die Vorderreifen wie Tierschnauzen gegen die Zaunlatten drücken.
Im Mai war es, da war zum ersten Mal einer mit dem Motorrad gekommen. Ich sagte damals gleich zu der schiffbrüchigen Dame, die immer den Platz links neben mir ergattert: dabei bleibt es nicht, der zieht andere nach. So war es dann auch. Und was keiner von uns sich herausgenommen hätte, keiner von denen, mein' ich, die aufrecht am Zaun stehen und beobachten, was bei Bolzers am Sonntagabend geschieht, die nahmen sich's heraus, die saßen in ihren Sätteln und rauchten. Auf den Sozien haben sie so Mädchen sitzen. Sobald es bei Bolzers drin ernst wird, legen die ihre Köpfe wie für immer und eigentlich ausschweifend auf die Lederschultern ihrer Kerle.
Seit diese entschlußlosen Abenteurer, ihre Mädchen am Buckel, sitzend und rauchend zuschauen, seit Leute wie der Gamsbart und seine Lotti an den Zaun kommen, Leute, die sich anmaßen, Urteile über das zu fällen, was sich in Bolzers Wohnküche vollzieht, seitdem haben die Sonntagabende sozusagen an Würde verloren. Weder ich, noch die schiffbrüchige

Dame links neben mir, noch auch der einarmige Rentner haben je ein Wort gesagt. Der Rentner stand früher rechts neben mir. Jetzt drängt ihn der Gamsbart immer in die zweite Reihe ab. Das ist nicht zu schwierig, weil sich der Einarmige ja nur mit einer Hand am Zaun festklammern kann und die hat der Gamsbart rasch abgelöst. Uns wäre es nie eingefallen, einander zu belehren wie es auf dem Sportplatz üblich sein mag. Niemals hätten wir uns soweit vergessen, in anfeuernde Rufe auszubrechen und Bolzer direkt anzusprechen.

Glücklicherweise ist Bolzer gefeit gegen jeden Kommentar, gegen jeden Zuruf. Sein Ernst ist so ungeheuer, daß man jedem Schauspieler den Besuch dieser Sonntagabende verbieten muß. Wie ernst es Bolzer ist, beweist schon das Schild, das er am Gartenzaun angebracht hat; darauf steht nämlich: Photographieren verboten.

Frau, oh Frau, schreit Bolzer. Seine Hände sind hochgeflogen. In der Stellung, die jedem als Würgegriff vertraut ist, verharren sie. Bolzer sieht, was die Hände wollen, da tut er keinen Schritt mehr. Bloß noch seine Hände schaut er an. Der Gamsbart, der von einem Sonntag zum anderen erwartet, daß Bolzer sich in diesem Augenblick nicht mehr besänne, heult auf vor Enttäuschung. Ich dagegen lächle fast wie ein Regisseur. Wahrscheinlich macht sich jeder von uns vor, er verstünde von Bolzers am meisten. Ich, zum Beispiel, schaue jetzt Frau Bolzer an. Schließlich darf man nicht nur Herrn Bolzer anschauen. Wir am Zaun wissen zwar nicht, was die Woche über vorgefallen ist, was Herrn Bolzer zugefügt wurde durch die Launen seiner unmäßig schönen Frau, aber ich glaube, wenn er sich mit bloßen Händen an ihr vergriffe, würden wir noch in der letzten Sekunde den Zaun zerbrechen und hineinstürmen und Herrn Bolzers Hände von jenem schlanken Hals reißen. Wären wir dazu nicht bereit, sage ich mir, hätten wir keine Berechtigung mehr, am Zaun zu stehen und zuzusehen, wie Bolzer sich besinnt, wie er sich abwendet und nach dem Leder greift. Ich sage, es ist Leder, was Bolzer von der Wand nimmt und fast ein bißchen theatralisch durch die Luft schwingt. Es hat keinen Griff, also eine richtige Peitsche ist es nicht. Aber Bolzer macht es dazu. Und Frau Bolzer flieht. Sie nimmt die Schläge nicht einfach hin. Sie schreit ihren Mann an. Sie duckt sich. Springt zur Seite. Zeigt Zähne. Läuft unter dem erhobenen Arm ihres Mannes durch. Bolzer, groß und schwer, dreht sich um. Es dauert immer einige Zeit, bis er sie aus dem eigentlichen Küchenraum vertrieben und in jene holzgetäfelte Nische gedrängt hat, die mich veranlaßt, Bolzers Küche vorzustellen als eine Wohnküche. Hat er sie erst da drin, ist sie trotz des engen Rocks auf die Bank gehüpft und er nach, und ist sie dort in der äußersten Ecke angekommen, kauert sie wehrlos und Bolzer kann endlich beginnen, ohne Störung auf sie einzuschlagen. Ich habe bemerkt, daß er ihr Gesicht immer schont. Siehst Du, er packt's wieder nicht, sagt die Frau des Gamsbarts.

Schlappschwanz, sagt der Gamsbart.

Von den Motorrädern dröhnt jetzt ein gemischter

Sprechchor. Die schiffbrüchige Dame und ich schauen rasch hinüber. Aber die bemerken unsere Verachtung nicht. Also schauen wir gleich wieder zu Bolzer. Ist es wirklich Leder, fragt die alte Dame. Fragt sich selber. Nicht mich. Denn sie weiß so gut wie ich, was sich gehört. Nicht ganz so gut weiß das der Rentner. Er brüllt zwar nicht, aber dem Stumpf seines rechten Arms erlaubt er doch unmäßige Bewegungen. Er will nicht Bolzer anfeuern oder gar den vulgären Sprechchor dirigieren, das weiß ich auch, aber hinreißen läßt er sich. Also muß ich ihn anschauen. Sofort bändigt er den Stumpf. Sobald ich wegschau, fuchtelt der Stumpf wieder, als träume er einen ganz selbständigen Traum. Für den Rentner spricht, daß er sich für das Benehmen seines Stumpfes sichtlich geniert, wenn er auch nicht Herr wird über ihn.

Wozu sind eigentlich die Polizisten da, wenn sie nicht einschreiten gegen dieses Chorgebrüll. Man hört ja nicht einmal mehr das Klatschen der Schläge.

Erst jetzt – Frau Bolzer wehrt sich nicht mehr, Bolzer kann ungestört arbeiten, eine Folge von Schlägen trifft endlich, endlich auf die gleiche Stelle, wir können wieder regelmäßig atmen – erst jetzt hätten wir eine Chance, zu beurteilen, ob es wirklich Leder ist, womit er schlägt. Bei dem Lärm aber hören wir gar nichts. Die Schläge fallen sozusagen lautlos. Lautlos schreit Frau Bolzer mit offenem Mund. Und die Kerle sollen doch ja nicht glauben, sie könnten Bolzer anfeuern. Der weiß offensichtlich genau, was er tut. Ich habe jeden Sonntag mitgezählt. Immer volle Zehnerzahlen verabreicht er seiner Frau. Daraus schließe ich, er hat einen Sinn für Gerechtigkeit. Wofür er seine Frau bestraft, geht uns einfach nichts an. Wir sind bei Bolzer am Zaun und nicht im Kino. Wir sehen nur, daß sie sich am Ende immer in die Bestrafung fügt. Sie wehrt sich nicht mehr. Bolzer muß dann rascher schlagen, bloß um die Zahl der Schläge, die er für diesen Abend errechnete, noch anzubringen. Man sieht, er kann eigentlich nicht schlagen, wenn sie sich nicht wehrt. Andererseits hat er sein Programm. So schließt die Bestrafung immer mit hastigen Bewegungen. Bolzer trifft nicht mehr. Es kommt ihm auch gar nicht mehr darauf an. Von den Motorrädern Pfuirufe. Die Mädchen trommeln mit weißen Fäusten auf die Lederbuckel ihrer Fahrer. Drinnen richtet sich Frau Bolzer auf. Sie lacht. Sie lacht und nimmt ihm das Leder aus der Hand. Sie probiert es aus. Seide, denk ich. Also doch Seide. Sie schlägt Bolzer den Seidengürtel um den Kopf, spielerisch sozusagen. Und dann doch fester. Jetzt hat sie schon Maß genommen, schaut genau, wohin sie trifft. Und sie schlägt ihm immer ins Gesicht, das er ihr hinhält wie es kein Hund fertig brächte. Die auf den Motorrädern johlen jetzt. Frau Bolzer scheint von Sonntag zu Sonntag zu vergessen, wie sie zu schlagen hat. Erst an Bolzers Gesicht lernt sie es wieder. Aber sie lernt es schnell. Bolzer schlägt wie eine uralte Holzhackmaschine, er ist ein großes und schweres Auf und Ab, wenn er schlägt. Sie schlägt mit kurzen, zuckenden, geradezu blitzenden Bewegungen. Von ihr könnte man verlangen: peitsch ihm den rechten Nasenflügel aus. Sie würde nichts treffen, was sie nicht treffen will. Und sie richtet ihre Schläge nicht nach Bolzers Verhalten. Sie schlägt, solange es ihr Spaß macht. Bolzer macht das Schlagen keinen Spaß. Deshalb stimmt es eher traurig, ihm zusehen zu müssen. Wahrscheinlich ist er ein Pedant. Ich empfinde es als eine wirkliche Steigerung, wenn Frau Bolzer zu schlagen beginnt. Sie wird unsinnig schön, wenn sie die riesigen Gesichtsflächen ihres Mannes bearbeitet. Vielleicht wünscht sie sich dabei einen Mann mit einem winzigen, ihrer Treffsicherheit würdigen Gesicht. Plötzlich wirft sie den seidenen Gürtel über den Haken, holt aus der Luft oder aus ihrem Ausschnitt ein weißes Tuch und tupft Bolzer das Blut von den Lippen. Es gibt Zuschauer, die glauben, sie habe Bolzer die Lippen zerschlagen. Ich bin der Ansicht, Bolzer zerbeißt sich die Lippen selber, und zwar beim Schlagen sowohl wie beim Geschlagenwerden. Zerbeißt sie mit seinem einsamen aber großen Zahn, den wir nur selten sehen.

Wenn dann das Blut abgetupft ist, nehmen Bolzers in der Nische Platz. Bolzer verbeugt sich leicht. Läßt seiner Frau den Vortritt. Setzt sich erst, wenn sie schon sitzt. Aufrecht sitzen sie einander gegenüber. Sie schauen einander an. Sie sprechen nicht. Zuerst lächelt Frau Bolzer. Dann lächelt Herr Bolzer. Dabei gibt er dann noch ein Mal seinen Zahn preis.

Der Gamsbart sagt: Lotti, das war das letzte Mal, daß ich mit bin. Sie sagt: Wer wollte denn unbedingt. Von den Motorrädern hört man ein entmutigtes Murren.

Dann springen die Maschinen an und die Lederkerle schießen, ihre Mädchen wie Rucksäcke auf dem Buk-

kel, ins Dunkel davon. Die zwei Polizisten dürfen ihre steifen weißen Handschuhhände für Augenblicke in die Scheinwerferbahnen tauchen. So dunkel ist es geworden, daß die höflicheren Leute des öfteren Entschuldigung murmeln müssen, bis sie die Straße erreicht haben. Der Grad der Rührung und Belustigung, den die Leute auf dem Heimweg zugeben, ähnelt der Stimmung, die sich ausbreitete, wenn man von der Sonnwendfeier oder vom Verbrennen der Winterhexe heimwärts ging.
Ich bleibe gern noch ein bißchen am Zaun, das gebe ich zu. Und neben mir die schiffbrüchige immerfeuchte Dame. Rechts darf nach Gamsbarts Abzug der einarmige Rentner jetzt wieder an den Zaun. Wir drei sind die Geduldigsten. Wir sprechen nichts. Wir schauen zu. Bolzers sitzen. Und wir schauen zu. Wir drei finden das bloße Dasitzen der Bolzers interessant genug. So sehenswert wie die Züchtigung, die sie einander vermachen. Wir können, oder um nicht zuviel zu behaupten, ich kann dem bloßen Dasitzen der Bolzers soviel entnehmen wie der Schlägerei. Ich gebe zu, man kann das nicht erzählen. Aber genau hinschauen kann man. Die Tischplatte zwischen den beiden ist so leer, daß man wünscht, eine Bierflasche stünde darauf und möglichst auch noch ein Glas. Aber Flasche und Glas fehlen. Das ist es doch. Und wenn man Bolzers lange genug sitzen sieht, glaubt man zu begreifen, daß Flasche und Glas fehlen müssen. Andererseits nimmt es einen ganz schön mit, Bolzers so sitzen zu sehen. Könnte nicht ein Kind hereinlaufen oder wenigstens eine Katze. Aber Bolzers haben offensicht-

lich streng dafür gesorgt, daß sie einander allein gegenüber sitzen. Daß sie mit einander sprechen, erwartet man nicht. Das sieht man auch vom Zaun aus, mit Worten ist da nichts zu machen. Da man sich bei allem gleich was denken muß, denkt man jetzt: die tragen was aus.
Solange Bolzers einander verprügeln, sind sie gewiß attraktiv. Jetzt aber, wenn sie so sitzen, könnte man sich in beide Bolzers geradezu verlieben. Sie stellen was dar so an ihrem Eßtisch. Ich kann dem nicht widerstehen. Wer lachen und weinen will, sollte sich das gelegentlich anschauen. Gott sei Dank hält es Bolzer nicht aus, für immer so zu sitzen. Was würde sonst aus mir, was würde aus der ganzen Stadt, die doch insgeheim längst von Bolzers Veranstaltung zehrt. Bolzer weiß, morgen ist Montag. Also zündet er sich dann doch eine Zigarette an. Diesen Augenblick benütze ich, drehe mich hart um und gehe. Schließlich soll es nicht so aussehen, als sei ich unersättlich.

Rohrzucker

Der unflätige Frühlingsabend, das Gestöhn im Grünen, Grübels höflicher Ton seiner Familie gegenüber: Ich würde lieber ... Oder: Vielleicht begreift ihr, daß ich lieber ... Dann endlich: Ich weiß nicht, ob ihr verstehen wollt, daß ich heute abend lieber Rohrzucker hieße.
Blumen, die einander wildfremd sind, strecken einander die Blüten entgegen, es fehlt der Wind. Grünes Fett trieft über Vögel, die im Grünen hocken. Blicke von links nach rechts und, als von rechts nichts kommt, zurück nach links, von wo auch nichts kommt. Vögel, die nicht geradeaus schauen können.
Grübels Frau, die aufträgt. Grübel, der den Rühreierberg anschaut, die Rettichschüssel, den Spinat, den Schnittlauch im Rühreierberg, den Rühreierberg, den sämigen Spinat seiner Jugend. In der Küche des Schachen-Hotels darf er an den Spinat längst kein Mehl mehr nehmen.
Jetzt Grübels Frau: Du willst ihn doch so. Jetzt Grübel: Ich lache doch, weil ich, falls ihr das mitmachen könntet, heute abend lieber Rohrzucker hieße. Jetzt die Kinder, mehr Mädchen als Buben, Grübel erschrickt. Zum ersten Mal sieht er, daß er vier Kinder hat. Grübels ausschweifender Wunsch: hätte er doch dieses Zimmer mit einem Fremdenführer betreten und der Fremdenführer, hinter dessen Schultern er geborgen wäre, erklärte ihm flüchtig, was hier an

Historischem zu sehen wäre, und man ginge rasch weiter. Grübel – dies als Höhepunkt seines ausschweifenden Benehmens – greift sich an den Hals, dann gleich bis zum Mund. Es hebt ihn nämlich. Vom Stuhl. Noch einmal und gleich wieder.

Frau Grübel, die Brechreiz sagt. Nein, nicht sagt. Denkt. Hoffentlich, denkt sie, ist das Brechreiz. Frau Grübel, deren Augen zeigen, daß sie gelernt hat, ihren Hoffnungen nicht zu trauen. Die Augen weiten sich nämlich. Frau Grübels Augen, die sich unter Druck weiten. Offenbar atmet Frau Grübel momentan nicht, obwohl sie denkt: nichts als Brechreiz.

Grübel, der hinter der vorgehaltenen Hand noch rasch fragt, ob er Rohrzucker sei. Die kichernden Kinder, die heftig nickende, immer noch atemlose Frau. Also Rohrzucker, sagt Grübel, der spürt, wie es ihn schon wieder vom Stuhl hebt, ruckweise, ein ums andere Mal. Er horcht nach innen, nach außen. Wer, außer ihm, hört die Schritte, das Knirschen, das Gemurmel mehrerer Stimmen, das protestierende Geschrei aller Vögel, die den Vorgarten bewachen, die also doch nicht vergeblich nach links und nach rechts geschaut hatten, hört das die Frau, hören die Kinder das? Grübel, der nun einmal Rohrzucker sein will, sieht eine Menge willkürlich gekleideter Leute durch den Vorgarten hasten, und in sein kleines Haus eindringen. Grübel, der zusieht, wie sie ihn auffangen, ihn also nach einer seiner Ruckbewegungen nicht mehr auf den Stuhl zurückplumpsen lassen, sondern nach ihm greifen und ihn einsacken. Er empfindet es so, obwohl sie ihn gar nicht in einen Sack stopfen, sondern in eine Kiste. Grübel, der die Kiste erkennt als einen Sarg. Sein Blick auf Frau Grübel. Ein Versuch, sich zu entschuldigen. Eine Höflichkeit, die keinen Ton mehr hervorbringt. Eine Hand am Hals. Eine Hand am Mund.

Frau Grübel ruft laut: Brechreiz, nichts als Brechreiz. Aber Grübels Mutter und Grübels Freunde, Joachim und Karl, müssen es besser wissen. Wir kennen August länger, sagen sie, bitte, Gertrud, glaub uns das. Und die Mutter gibt mit ihrem schwarzen Krückstock das Zeichen zum Weitermachen. August Rohrzucker alias Grübel nickt seiner Frau zu. Wir sind bei Gott nicht zu unserem Vergnügen hier aufgetaucht, ruft die Mutter. Und wirklich: Gertrud kommt schon aus dem Schlafzimmer zurück und hat ihr Schwarzes an. Das mit dem Oberteil aus Chiffon. Na also, denkt Rohrzucker. Joachim und Karl sind dafür, die Kinder nicht mitzunehmen. Bis man vom Friedhof zurück sein wird, ist es dunkel. Gertrud schreit: Die Kinder gehören dazu. Sie schreit es Augusts Mutter ins Gesicht. Die sagt: Aber natürlich, meine Liebe. Vier Männer, die als Feuerwehrleute auftreten, rufen einander leise Hooo-Hopp zu und schon schwimmt Rohrzucker auf ihren Schultern zur Tür hinaus und die Treppe hinab. Gertrud wird rückfällig, fängt schon wieder an zu schreien, nennt sich zum ersten Mal öffentlich Frau Rohrzucker, besteht darauf, daß zuerst eine Untersuchung stattfinden müsse, weil hier kein Grübel abzuholen sei und schon gar kein toter Grübel, hier wohne und lebe Rohrzucker, August Rohrzucker mit Frau und vier Kindern, hier sei eine

Familie gerade beim Abendessen. So schreiend greift sie nach dem Sarg, belästigt die Träger, daß Augusts Mutter ihren schwarzen Stock heben und ihr damit mehrere Male auf die Hände schlagen muß. Rohrzucker sieht mit Befriedigung, daß seine vier Kinder mit dieser Behandlung ihrer Mutter keineswegs einverstanden sind. Sie fletschen die Zähne gegen ihre Großmutter und hören erst auf, als die ihnen runde Bonbons in die Münder schiebt; so mit der flachen Hand tut sie das, wie man es bei Pferden macht, um nicht gebissen zu werden. Sobald die Kinder mit den Bonbons beschäftigt sind, werden sie von der Großmutter an vier krause alte Damen verteilt. Rohrzukker möchte rufen: Gertrud füge Dich, das sind doch bloß die Schwestern meiner Mutter. Jede Schwester übernimmt sofort das Kommando über ein Kind. Da die Frauen in Rohrzuckers Familie vom fünfzigsten Jahr an unter Behaarung und Arthritis leiden, haben auch diese vier Tanten schattige Gesichter und Krückstöcke. Die Krückstöcke sind natürlich unten mit einer Gummikappe versehen, können also auch sehr leise aufgesetzt werden. Aber Gertrud fügt sich nicht, sie schreit nach den Kindern, also müssen Joachim und Karl und Schwester Felicitas nach ihr greifen und sie zur Ruhe bringen. Der zarte Joachim stellt sich dabei besonders geschickt an. Er hat den Lappen dabei, den er im Schachen-Hotel über heiße Pfannenstiele und Topfhenkel wirft, um sich nicht zu verbrennen. August hat sich oft lustig gemacht über Joachim, weil der immer noch Angst hatte, sich die Hände zu verbrennen. August selber hat nie solche

Lappen benützt. Jetzt, als Joachim mit Hilfe dieser Lappen Gertruds Schreie dämpft und dann sogar völlig erstickt, gibt August zu, daß diese Lappen auch ihr Gutes haben können. Für Karl, der im Schachen-Hotel das Fleisch besorgt, ist es natürlich kein Problem, Gertruds Hände zu bändigen. Schwester Felicitas tut ein übriges und fesselt Gertruds Hände gleich mit einem Rosenkranz zusammen. In Gebetshaltung. Hände in Gebetshaltung hinter einem Sarg, das wird kein Aufsehen erregen. Obwohl die Nonne ihre Sache gut macht, denkt Rohrzucker: mit dieser Nonne stimmt was nicht. Keine Störungen mehr, ruft Augusts Mutter, ich habe auch Nerven. Dann hebt sie ihren schwarzen Stock, will schon das Zeichen zum Abmarsch geben, da bemerkt sie, daß Karls Pfeife nicht brennt, reißt einem fünften Feuerwehrmann rasch den Helm vom Kopf und gibt Karl im Schutz dieses Helms das Feuer für die Pfeife. Es ist nämlich aus Rohrzuckers Fliederbüschen plötzlich ein heftiger Wind herausgebrochen, der um den Trauerzug herumfährt und sich nicht mehr beruhigen will. Endlich steigt hinter dem Helm die kleine blaue Wolke hoch, die Pfeife brennt. Augusts Mutter befiehlt Karl, an der Spitze des Zuges zu marschieren. Karl salutiert mit dem Gruß des Elferrats, dem er angehört, dessen grüngoldene Mütze er heute mit einem schwarzen Schleier überworfen hat. Joachim, der Nichtraucher, soll direkt hinter dem Sarg gehen. Dann dürfen folgen die vier Tanten mit den Kindern, dann Gertrud, bewacht von Schwester Felicitas, und danach die Menge hellblonder Frauen. Rohrzuckers blonde Frauen, denkt Rohrzucker. Daß seine Mutter daran dachte, stimmt ihn zärtlich für sie. Rohrzucker mustert diese Frauen. Nein, keine magere darunter und keine unter dreißig, alle sind, wie er es liebt, über fünfunddreißig und eher fett, quellend, teigig und radikal. Die Ausstattung ist vorbildlich. Lacktaschen, Strümpfe mit abenteuerlichen Nähten, giftgrüne Blusen, königsblaue sportliche Hütchen, ach, und ein paar frech schwarz gleißende Zylinder. Und alle lecken rosarotes Eis aus Waffeltütchen, lecken mit jener Fähigkeit zur Hingabe, die Rohrzucker nur bei teigigen Blondinen für möglich hält. Ein sanfter Ruck, der Zug bewegt sich. Rohrzucker hält sich die Ohren zu. Er kennt seinen Gartenweg. Um diese Zeit sind die Schnecken unterwegs, die er schont, die ein Trauerzug, will er ordentlich in Bewegung bleiben, nicht schonen kann. Unter den spitzen Absätzen der Blondinen, unter den Hufen seiner Tanten werden die Schneckenhäuser krachen, keine der Schnecken wird seinen Auszug überleben. Erst auf der Straße nimmt Rohrzucker seine Hände von den Ohren. Sitzt er in der Badewanne? Seine Mutter, die am Trauerzug auf und abläuft wie ein Truppenführer, beweist ihm, daß er nicht in der Badewanne sitzt. Barfuß rennt plötzlich Gertrud aus der Kolonne und bettelt bei den Leuten, die vom Straßenrand aus die Kolonne beobachten. Eine Witwe, ruft sie, vier empfindliche Kinder! Rohrzucker seufzt. Er sieht voraus, daß seine Mutter das nicht dulden wird. Da ist sie auch schon, scheucht Gertrud in die Kolonne zurück, bestraft diesmal Schwester Felicitas, weil die Gertrud entkommen ließ, ist gleich wieder vor dem Sarg bei Karl, überzeugt sich, ob die Pfeife noch brennt, ja, sie brennt noch, also heult sie jetzt endlich laut auf, und heult solange, bis die Blondinen, die ihrer Schminke wegen bisher nur vorsichtig schluchzten, mitgerissen werden und nun naß und laut heulen. Die Mutter kontrolliert das rasch, dann hört sie auf zu heulen. Mit einem kleinen Sprung in die Höhe schaut sie zu Rohrzucker hinein. Zufrieden, mein Junge? Der nickt, so gut er kann. Es kommt noch besser, ruft sie und schwärmt gleich wieder aus. Ihre Arthritis hat sie für diesen Abend bei ihren Schwestern in Pflege gegeben.

Klopft jemand, ruft jemand August, wer flüstert denn da? Es ist die Nonne, die greise Felicitas. August scheucht sie weg vom Sarg. Felicitas grinst, zwinkert, häkelt mit den Fingern rasch ein Wort aus dem Alphabet der Fingersprache, aber die hat August seit mindestens vierzig Jahren vergessen. Felicitas geht wieder neben Gertrud, fährt plötzlich mit einem schönen weißen Arm aus dem Ärmel ihrer Tracht, schnalzt mit dem Finger, die Blondinen haben sofort rote und grüne Stiefelchen an und fürchterlich kurze Röckchen, sie heben die Füße, werfen die Beine, Felicitas schwingt einen Tambour-Stab, aha, denkt August, dachte ich's doch, die Prinzengarde, das ist aber nett von Mama. Und was könnte dieser ernsten Stunde besser entsprechen als die schwarze Unterwäsche auf dem ebenso hinfälligen wie weißen Fleisch der Blondinen.

Man passiert das Goldene Lamm, die Mutter legt die Krücke ihres Stocks dem Lammwirt um den Nacken, zieht ihn her, reiht ihn ein und heißt ihn beten. Rohrzucker billigt dieses Vorgehen seiner Mutter gegen den Lammwirt. Die drei Lehrjahre bei dem, das war kein Zuckerschlecken. Daß selbst ein so barbarischer Lehrherr Sinn für das Geziemende hat, sieht August daran, daß der Lammwirt seine hochweiße Kochmütze mit einem schwarzen Schleier überworfen und einen schwarzen Kochlöffel mitgebracht hat. Aus dem Bahnhofsgebüsch fängt die Mutter zwei feuchte und frierende Buben, reiht sie ein und heißt sie beten. Sie selber betet immer nur solange, bis sie hört, daß ihr Vorbeten gezündet hat, dann stellt sie ihr Beten ein, bis das Gebet sein Ende erreicht und nach unten hin in tieferen Stimmlagen verröchelt; jetzt erst gibt sie den Einsatz für's nächste Gebet. Den Ton wählt sie so hoch, daß die Betenden mit jeder Zeile ein bißchen tiefer rutschen können und doch auskommen bis zur letzten Zeile, die sie selber dann wieder auffängt und hochzieht zur nächsten Runde. Sobald aber die nachlässigen Blondinen ein paar Tonstufen auslassen, daß befürchtet werden muß, man werde den tiefsten Ton vor dem letzten Wort erreichen, greift sie ein, kurbelt den Ton mitten im Satz hoch, betet das Gebet unnachgiebig in die richtige Tonlage hinein, bis das Gebet wieder in Sicherheit ist. Dann erst schert sie wieder aus, fängt den zweiten Bürgermeister ein, der gerade mit seiner Frau ins Kino wollte, fängt den Gewerbeschullehrer und sogar den Direktor des Schachen-Hotels. Jeden Fang meldet sie Rohrzucker hinauf.

Ja, Junge, so ist es, Du hast Dein Leben verplempert,

ruft sie. Nichts hast Du getan für Deine Beerdigung, nichts. Allein müßte ich hinter Deinem Sarg herlaufen, allein mit dieser... na ja, eben mit dieser Deiner Frau. Aber laß nur, es wird schon. Und weg ist sie. Plötzlich zieht sie ein wüstes Gesicht auf, wartet bis Gertrud aufholt, beugt ihren riesigen Graukopf zu Gertrud hinab und schreit: Halt. Der Trauerzug stoppt. Joachim, ruft die Mutter, Du bist Zeuge, sie betet nicht, sie tut praktisch überhaupt nichts. Und sofort betet sie laut vor und wartet mit erhobenem Stock darauf, daß die Schwiegertochter nachbete. Oh Schande, hätte Rohrzucker gesagt, wenn er noch etwas zu sagen gehabt hätte. Eine richtige Panne, denkt Rohrzucker. Das hätte nicht passieren dürfen. Nicht jetzt, wo man gerade mitten auf dem Marktplatz angelangt war. Rundherum die Gaffer. Hätte die Mutter nicht warten können, bis man wieder in einer Straße verschwunden gewesen wäre. Mama, Mama, denkt Rohrzucker, besser, Du hättest zuhause geübt mit ihr. Aber seine Mutter, aus altem Schrot und Korn sozusagen, ließ die Schwiegertochter niederknien auf dem Marktplatz, brachte ihr alle notwendigen Gebete bei, fragte den Zeugen Joachim immer wieder, ob noch Fehler vorkämen, und erst als Joachim ruft: gut, sehr gut, sie hat es! da erst hebt sie den Stock, stößt ihn zweimal in die Luft und schreit: Horridooo. Und mit der Linken erwischt sie den Dirigenten der städtischen Musikkapelle, plaziert ihn zwischen Tanten und Blondinen und befiehlt ihm zu dirigieren. Daß der keinen einzigen seiner Musiker bei sich hat, hilft ihm nichts. Ihre Schuld, ruft die

Mutter und stößt ihren Stock auf's Pflaster. Der Dirigent ist zaghaft. Er kann sich zu wenig hineindenken in diese Mutter, das sieht man. Dirigier, schreit sie. Wo sind die Musiker? flüstert der. Die werden sich finden, schreit sie und stößt ihren Krückstock auf das Pflaster, daß der Krückstock plötzlich klingt wie ein ganzer Schellenbaum. Und siehe da, aus dem allernächsten Haus stürzt ein Hornist, entschuldigt sich und fängt sofort an zu blasen. Daß da bald die ganze Kapelle vollzählig sein wird, ist jetzt vorauszusehen. Wer aber glaubt, die Mutter hätte sich endlich zufriedengeben sollen, der hat weder von Grübel-Rohrzuckers Mutter noch von irgend einer anderen Mutter eine rechte Vorstellung. Tatsächlich wirkte der Trauerzug, seit die Musik mitmarschierte, dürftiger als vorher. Fast mehr Musiker als Trauernde. Das ist nicht das erwünschte Verhältnis. Die Mutter weiß das. Deshalb gibt sie Karl einen Befehl. Der salutiert an der Narrenmütze und führt den Trauerzug nicht über den Marktplatz hinweg in die nächste Straße hinein, sondern immer um den Marktplatz herum. Horridoo, ruft er, Horridoo, ruft die Mutter. Aber nicht das grelle Fasnachtshorridooo, sondern ein wirklich gravierendes, dem Anlaß entsprechendes Horridoo. Und vom Trottoir und aus Hausgängen rekrutiert sie Personal und Requisiten. Die ersten Wagen werden eingeschleust. Auf einem Reisigwagen, von sieben Zwergen gezogen, thront bewegungslos und weißschwarz das Schneewittchen, im schönen Mund zeigt sie den bösen Apfelschnitz. Dann meldet die Mutter: Marika Rökk ist eingetroffen, Stalin wird mitgeführt,

ein Oberbürgermeister ist da, mehrere Heuhexen, Grasdämonen, Gockelmetzger, Hawaimädchen, Hitlerjungen, Clowns, Astronauten, Göring, Hänsel und Gretel und Kristina Söderbaum. Ja, ja, mein Junge, und der Ochsenwirt, bei dem Du sechs Jahre für Drecksgeld geschuftet hast, ist auch da, und der Gärtner, der Dich anzeigte wegen der paar lumpigen Gurken, und der krüppelige Hausmeister, der schuld ist, daß Du von der Oberschule mußtest, und der Major Bux, der dir die Schulterstücke abriß vor der Kompanie, und der Bundeskanzler, Junge, der Bundeskanzler, verstehst Du. Da sieht August ein, daß er zu seinen Lebzeiten wirklich zu wenig an seine Beerdigung gedacht hat. Ohne seine Mutter wäre es eine ärmliche Veranstaltung geworden.
Horridoo, schreit sie jetzt, stellt sich in die Mitte des Platzes und winkt zuerst Schwester Felicitas zu sich, dann die Feuerwehrleute mit dem Sarg. Schwester Felicitas schnalzt mit dem Finger, die Schwesterntracht fällt, die Mutter ruft Horridooo und proklamiert August zum Prinzen. Horridooo, August der Erste, Horridooo, ruft sie. Horridooo, Prinzessin Melitta, Horridooo. Und die weißblonde Melitta, vor vierzig Jahren ein Nachbarskind, schmiegt jetzt ihre jüngste Wange an den Sarg. Ein gewaltiges, gleichzeitig feierliches Horridooo dröhnt ringsum auf. August ist erst zufrieden mit dieser Kundgebung, als er sieht, daß Joachim mit Hilfe seiner Lappen der barfüßigen Gertrud Augen und Ohren verbindet. Jetzt kann August sich erheben, Kußhände umherwerfen und sein ernstes Horridooo rufen.

Horridooo, ruft er, Melitta, Rohrzuckerkönigin, ich bin's, Prinz Rohrzucker der Erste, Du hast Rohrzucker verlangt, im Wartesaal, ich brachte Rohrzucker in den Wartesaal, Du warst nicht da, achtmal warst Du nicht da, achtmal zerschlug ich Rohrzucker im Dunkeln, Rohrzucker leuchtet, Melitta, zerschlägt man ihn im Dunkeln, Horridooo, in Verehrung, Dein Rohrzucker. Melitta grinst und legt ihre älteste Brust auf den Sargrand. Trotzdem, ruft Rohrzucker, trotzdem. Die Mutter jagt her, greift nach Melitta. Es gelingt August, Melitta hochzuziehen, sie rittlings auf den Sarg zu setzen. Die Mutter jagt weiter. Den Lammwirt treibt sie auf, den Ochsenwirt, den krüppeligen Hausmeister, den Gärtner, den Major, einen Hitlerjugendführer (ach ja, der hat mir beim Geländespiel den Arm ausgerenkt, denkt August), die dickste aller Blondinen treibt sie auf (ach die Beiköchin, denkt August), dann treibt sie alle zusammen, scheucht sie auf einen Holzstapel, jagt noch einmal her, greift nach Melittas Beinen, da klopft ihr aber August energisch auf die Finger. Unbelehrbarer, schreit sie, jagt weg, legt eigenhändig mit der Fackel Feuer an den Stapel und tanzt solange um den Brand, bis die Flammen alles ratzekahl verbrannt haben. Siehst Du, sagt August zu Melitta. Ich danke, sagt Melitta. Dank Rohrzucker, sagt August. Rohrzucker leuchtet, wenn man ihn im Dunkel zerschlägt.
Vorwärts marsch, schreit die Mutter, Horridooo, schreit sie. Mit Musik geht es fort, auf den Friedhof zu. Prinzessin Melitta reitet auf dem Sarg. Gertrud wird von zwei Barmusikern mit Hilfe von schlam-

migen Bürsten hinter dem Sarg herdirigiert. Die Kinder frieren trotz aller Musik. Vom Friedhofsportal winkt Pfarrer Mootz dem Trauerzug entgegen. Er fürchtet offensichtlich, der Zug könne sich im letzten Augenblick noch für die überwölbte Einfahrt der Paterbrauerei entscheiden. Vier Ministranten kommen in vollem Karacho mit einem Holzbock quer über die Gräber, stellen den Holzbock ab, ziehen unter ihren Kutten die Hosen hoch, einer streicht sich mit wendiger Zunge den Rotz unter der Nase weg und in den Mund, Hochwürden Mootz gibt ein Zeichen, Karl salutiert jovial mit der Pfeife an seiner Mütze, dirigiert dann mit der Pfeife den Sarg von den Feuerwehrschultern auf den Holzbock, der fünfte Feuerwehrmann hält das für seine Aufgabe, Karl schlägt ihn ohne Aufwand zu Boden, Hochwürden Mootz greift nach dem Weihwasserwedel, der Rotzbube von Ministrant bietet den Wedel verkehrt herum an, Hochwürden greift ins Nasse, beherrscht sich, verabreicht dem lausigen Ministranten die Ohrfeige so sachlich, als gehöre sie zur Zeremonie. Dann der Text. Der Mesner bittet die Blondinen und andere Trauergäste, die Kofferradios leiser zu stellen. Vom Grabhügel her winkt der Totengräber mit der Flasche. Tadelnd winkt der Pfarrer zurück. Er wisse schon. Eng, immer enger werden die Wege bis zum Grab. Die mitgeführten Wagen bleiben in frischen Hügeln stecken, Schneewittchen stürzt und verliert mit einem Schrei ihren Apfel, der Trauerzug reißt auseinander, verwildert in der Dämmerung, die hinter jedem Grabstein aufsteigt. Die Blondinen stolpern natürlich zuerst, stolpern zuerst über Gräber, dann übereinander, das können die Feuerwehrmänner nicht mitansehen. Joachim, der einzige, der eine Lampe hat, leuchtet hierhin und dorthin. Rote Stiefelchen und spinnfeine Damenschuhe bleiben in empfänglicher Graberde stecken. Die Musikanten verständigen sich durch Signale, Gertrud ruft nach den Kindern, die Kinder antworten nicht, dafür stampfen die Tanten. Der treue Karl, der ein Ochsenviertel leicht auf die Schulter schwingt, setzt den Sarg neben der Grube ab, die Mutter bittet Stalin, Göring und den Bundeskanzler ans Grab. Bitte, Herr Bundeskanzler, sagt sie, bitte, erklären Sie uns, warum Sie darauf bestehen, meinem Sohn ein Staatsbegräbnis zu bereiten. Der Bundeskanzler tritt vor, aus seinem Inneren dröhnt es: Horridooo. So ernst er dies auch von sich gibt, die Mutter ist nicht zufrieden. Wo ist die Prinzessin, ruft sie. Joachim leuchtet ins Dunkel. Melitta liegt mit einem asthmatischen Feuerwehrmann vor Marmor auf isländisch Moos. Joachim meldet das scheinheilig und erklärt sich bereit, diese Szene für alle mit seiner Funzel anzustrahlen. Nein, schreit Rohrzucker, nein. Laßt sie im Dunkel. August spürt, daß seine Beerdigung in Gefahr ist, eine andauernde Peinlichkeit zu werden. Joachim verduftet in Richtung Melitta. Bitte, ruft August ihm nach, bitte, nimm sie doch. August spürt, es geht jetzt um die Form. Er wird eingreifen müssen. Seine Mutter bemerkt offenbar nicht, daß man längst allein am Grab steht. Würde der treue Karl nicht mit seinen Metzgerhänden den zappelnden Bundeskanzler festhalten, wäre der auch schon weg. Hochwürden ist mit Text beschäftigt. Die Ministranten suchen die Blondinen ab. Die Musiker sind zersplittert in konkurrierende Ensembles. Es muß etwas geschehen. Er soll deinen Namen aussprechen, schreit die Mutter und haut dem Bundeskanzler eine runter und streichelt ihn gleich wieder. Der aber sagt nur: Horridooo. August sieht die gefesselte Gertrud, die nichts hören und sehen darf, er sieht ihre nackten Füße. Will denn seine Mutter bis zum jüngsten Gericht hier stehen und darauf warten, daß der Bundeskanzler den Namen ihres Sohnes ausspricht? August spürt, er hat lange genug Geduld gehabt mit seiner Mutter. Was ringsum auf den Gräbern vor sich geht, ist schlimm genug. Wo sind die Kinder? Was erleben die Mädchen in diesem dunklen Friedhof? Kann das die Großmutter verantworten? Und was liegt ihm daran, daß der Bundeskanzler einen Namen ausspricht, der ihm längst schnuppe ist. Denn Rohrzucker, das weiß er, Rohrzucker wird dieser Herr nicht sagen. Was ist dem Cuba, denkt August aberwitzig und sieht sich aufstehen im allerletzten Licht. Der Wind begrüßt ihn. Rohrzucker, buchstabiert der Wind, der kluge Wind. Ach Mutter, laß den Kanzler laufen, Karl, nimm die Finger von dem Herrn, wir brauchen sowas nicht, schau doch, wie der Wind sich um mich kümmert, wie sorgfältig der mich buchstabiert im Dunkel, Rohrzucker, buchstabiert er, Rohrzucker, zerschlagen und leuchtend. Ja, ruft Gertrud, begrab Du Deinen Sohn, Rohrzucker begräbst Du nicht. Die Mutter sieht den Kanzler entwischen. Karl schleicht sich auch weg. Gertrud ist frei. Da setzt sich

die Mutter ans offene Grab und winselt. Hochwürden läßt sich nicht stören.
Wir müssen sie hereinlegen, was meinst Du, Gertrud? Gertrud nickt. Mit ihren Zehen stochert sie in der Graberde und fischt, Gott weiß wie schnell, mit den Zehen den Apfelschnitz Schneewittchens auf und steckt ihn Augusts Mutter in den Schmerzensmund. Die Mutter wird grün. Die Mutter wird grünen. Die Mutter grünt. Der Frühling trieft. Vögel hocken, den Blick nach links, den Blick nach rechts.
August freut sich einerseits über die Geschicklichkeit seiner Frau, andererseits findet er, soweit hätte sie nicht gehen dürfen. Also, rein mit ihr und dann den Deckel zu, ja? Ja, sagt Gertrud. Dann retten wir die Kinder aus dem Dunkel dieses Friedhofs, dieser Balgerei und leben in der Luft, eine süße Familie. Ja, sagt Gertrud. Gertrud, die Jasagerin, sagt August. August, unsterblicher Rohrzucker, sagt Gertrud. So schwärmen sie seit die Mutter grünt. Rohrzucker, der nun selber glaubt, er müsse sich übergeben. Gertrud, die hinabschaut zu ihm. Wo schaut sie bloß hin, denkt Rohrzucker. Bin ich unten, fragt er. Es läutet, rufen die Kinder. Rohrzucker, der denkt, es läutet. Die Kinder, die ihn der Großmutter zeigen. Die Großmutter, die Bonbons austeilt, den Graukopf schüttelt. Gertrud, plötzlich geknickt; die Kinder frierend; Vögel, die nicht geradeaus schauen können. Der Frühling, die Dämmerung, Rohrzuckers Leuchten, ein höflicher Ton.

Eine Pflicht in Stuttgart

Der Einfluß, den die für mich undurchschaubaren Fahrpläne der Eisenbahn auf mein Schicksal haben, wird mit jeder Bahnfahrt größer. Auch in Stuttgart wollte ich bloß auf den Anschluß warten. Daß daraus ein Aufenthalt von neun Monaten wurde, ist sicher auch meine Schuld. Ich hätte nicht meiner Gewohnheit nachgeben und vor den Bahnhof hinaustreten dürfen. Auf allen Bahnhofsplätzen dieser Welt lungern Gelegenheiten. Zu allem Unglück erinnerten mich die überall an Hügeln hoch und übereinander getürmten Häuserquader an Babylon, wie es in einem von Hitze, Purpur, Frauen und Innenhöfen erzählenden Roman abgebildet war. Ganz drunten, in der Tiefe der Königsstraße, sah ich schon die ersten Baldachine wippen und schwanken und wartete darauf, daß im nächsten Augenblick die Elefanten auftauchen würden, die die Baldachine trugen. Das geschah nicht. Also doch Stuttgart. Ich war gleich wieder bereit, mich der letzten Endes eben doch von Reben umstandenen Ereignislosigkeit dieses Aufenthalts zu unterwerfen. Aber eine Dame griff vor meinen Augen in die Luft, weil da eben noch die Tür einer Straßenbahn gewesen war. Mit zuviel Eingekauftem behängt, machte sie noch zwei Sprünge, glich in all ihrer Größe einem verendenden Dromedar, das noch einmal aufbäumt, ließ dann Hände, Arme, und Schultern sinken, daß Tasche, Netz, und Paketchen an ihrem nachgiebigen Körper herunterrutschten und raschelnd auf die Platten klatschten. Weil sie aber so groß und eher kräftig war, stand sie jetzt auffällig hilflos mitten in der Sonne. Ich näherte mich instinktiv. Sie schwitzte. Gesicht, Hals, alle Haut, die sie zeigte, war von roten Flecken gemustert. Der Kopf schon schief, die Mundwinkel sackten, ich durfte nicht zögern. Schon grinsten ringsum Leute, deren Schicksal die Hitze nichts anhaben konnte. Aber da war ich mit der Taxe zur Stelle, sprang heraus, rettete die junge Frau vor den Augen der Zuschauer, ordnete den Transport mit soviel Bestimmtheit, daß alles ablief wie seit langem verabredet. Aufseufzend fiel sie mir in den Fond, nannte noch die Straße, dann schloß sie die großen Augen zur Gänze. Ich atmete. Das Eingekaufte raschelte.

Die Villa, in der sich alles abspielen wird, hing mit einigen Flanken und Flügeln wie eine kleine Kathedrale über der Ameisenbergstraße. Ich bezahlte, belud mich mit dem Eingekauften, stapfte die steilen Treppen hinauf, hörte schon unterm hölzernen Vordach Gelächter und Rufe, wollte eigentlich höflich sein und gehen, mußte aber von der gnädigen Frau noch ihren Freunden vorgestellt werden, die im kühlen Dunkel auf viel Polsterzeug saßen und tranken und knabberten. Lernt diesen freundlichen Menschen kennen, rief aufgeregt die Hausfrau und rannte wieder hinaus, um sich umzuziehen. Kam im Hausanzug und mit neuer Haut hastig herein, um uns aufzuzählen, was sie jetzt gleich servieren werde. Dann sprach der, der am meisten sprach, weiter. Er wurde

Hansi oder auch Mecklin gerufen. Die Hausfrau schleppte ihre Aufwartung herein, bückte sich zu jedem viele Male hinab, ließ sich endlich schrill aufatmend auf einen Stuhl ohne Lehne fallen – die Sessel waren alle besetzt –, zeigte wie eine Erstkläßlerin an, daß sie jetzt sofort etwas erzählen müsse, lenkte alle Aufmerksamkeit auf mich und schilderte die Geschichte unserer Bekanntschaft, als sollte nach ihrer Schilderung ein ernsthaft abenteuerliches Kinderbuch gezeichnet werden. Sie begann aber mit den Einkäufen und war vielleicht noch zu sehr erschöpft, um wenigstens in der Erzählung Sprünge zu machen. Auch mir wurde ihre Erzählung lang, obwohl alles nur erzählt wurde, um mein Eingreifen in der schlimmsten Sekunde so recht als eine sensible Heldentat erscheinen zu lassen.

Mein Zug war unterdessen längst gefahren. Ich blieb über Nacht. Warum ich auch am nächsten Tag noch nicht weiter fuhr und nach einer Woche ein Zimmer suchte und fand und immer noch bleiben mußte, ist mir erst klar geworden, nachdem alles geschehen war.

Die rötliche Backsteinvilla, die von allen tatsächlich Kathedrale genannt wurde, gehörte damals dem Architekten Finno Ruckhaber, der diesen Bau aus purem Übermut bewohnte. Seine Frau, jene Frau, die ich mit einer Taxe gerettet hatte, hieß Ursula, wurde aber nicht Uschi, sondern Usche gerufen. Ihre Körpergröße, ihre innige Langsamkeit und vielleicht auch ihre von Jahreszeiten unabhängige Schwermut mögen sie davor bewahrt haben, Uschi gerufen zu werden.

Ihr Mann Finno baute im ganzen Land, baute manchmal sogar in Teneriffa, Usche war also dankbar, wenn Freunde kamen und die außen rötliche und innen düstere Kathedrale belebten. Im Sommer 51, als ich auf Usche aufmerksam wurde und nachher nicht einfach wieder wegfahren konnte, baute Finno gerade ein Leichenhaus für eine Provinzstadt an der Autobahn. Am dritten Nachmittag kam er heim und erklärte uns die feinen Mechanismen, die er und seine Mitarbeiter ausgetüftelt hatten, um die Toten ganz automatisch auf einem System von Rollen, Bändern, Türen und Klappen aus den Kühlkammern in die Halle und aus der Halle in den Verbrennungsraum zu transportieren.
Wir hätten alle gern zum Ausdruck gebracht, daß wir Finnos Einfälle bewunderten. Aber ohne Sachkenntnis, ohne Beherrschung wenigstens des Vokabulars kann man einem Experten keine Komplimente machen, die ihn befriedigen. Hansi Mecklin hatte es am leichtesten. Jeder wußte, daß er Gespräche über Architektur verachtete.
Deshalb sind wir ja so gute Freunde, sagte Finno, und schickte der paradoxen Auskunft sein milderndes Knabenlächeln nach. Hansi Mecklin sah zu, wie wir uns anstrengten, Finno halbwegs glaubwürdige Komplimente zu machen. Gott sei Dank sprang Usche ein. Und wie. Sie konnte mit Finno über jedes Scharnier diskutieren, kannte alle Wege der zu übertragenden Kraft. Probleme der Hygiene waren ihr so vertraut wie Probleme der Statik. Ich hatte das Gefühl, daß sie kein Wort zu diesem Projekt gesagt hätte,

wenn einer von uns im Stande gewesen wäre, Finno an diesem Nachmittag ein Gesprächspartner zu sein. Später erfuhr ich, daß sich Usche vom Büro ihres Mannes Fotokopien von allen seinen Arbeiten geben ließ. In den Nächten arbeitete sie Finnos Entwürfe durch, las nebenbei noch die Fachzeitschriften, soweit sie in europäischen Sprachen geschrieben waren. Sie war offensichtlich nicht eine von jenen Frauen, die sich heiraten und dann aushalten lassen. Hansi Mecklin, der die Ruckhabersche Ehe als Trauzeuge mit gestiftet hatte, sagte von Usche: wenn sie einen Sinologen geheiratet hätte, spräche sie heute fließend chinesisch. Kein Wunder, daß Usche die Kathedrale so eingerichtet hatte, wie es der ausgebildete Geschmack damals vorschrieb. Die Freunde der Ruckhabers behaupteten sogar, Usche ahne förmlich voraus, welche Aschenbecher im kommenden Herbst aus Skandinavien verordnet würden.

Warum Finno bei solchen Gesprächen, die er vor uns allen schließlich nur noch mit seiner Frau führte, nicht fröhlicher war, habe ich nie begriffen. Er hätte uns doch mit Stolz vorführen können, welche Partnerin ihm da zugewachsen war. Aber nein, er wurde mürrisch. Usche, die allein fühlen mochte, wie er an seinen Plänen hing, wollte sein Thema retten, glühte vor Sachkenntnis und Wissensdurst, meinte es gut mit uns und Finno, arbeitete wie ein Unodiplomat, der in Afrika zwischen zwei schon auf einander losmarschierenden Bevölkerungen hin und her rennt, redete, fragte, fragte noch, als Finno schon längst aufgehört hatte, Antworten zu geben, redete allein

weiter, bis es nicht mehr ging, bis es offenbar wurde, daß wir auseinander geraten waren und eigentlich jeder allein im Raum saß und über Feindschaft nachdachte. Die Peinlichkeit dieser Augenblicke war im Gefühl eines jeden mit Usches zähen Rettungsversuchen so innig verbunden, daß man eigentlich ihr die Schuld für alles zudachte. Wenn wir die Villa verließen, wenn Finno uns mit einem schon im Mund verschwimmenden Seufzer am Gartentor verabschiedete, dann stellten, ohne vorherige Verabredung, alle ganz plötzlich fest, daß Usche wieder einmal einen Nachmittag verdorben hatte.
Aber ich wußte immer noch nicht, was ich eigentlich zu schaffen hatte mit Usche und ihren Freunden.
Am Abend, bevor Finno wieder zu seinen Baustellen ausfuhr, war er so fröhlich, wie man sich diesen riesigen jungen Mann vorstellte, wenn man ihn zum ersten Mal sah.
Er zerdrückte kunstvoll und ohne sich zu verletzen drei Gläser, trank, erwähnte die Architektur mit keinem Wort, tanzte mit Usche, bat uns, wir möchten uns doch um seine Frau kümmern, sagte, wohl im Scherz, er stelle sie uns ganz zur Verfügung. Dann war er fort, Usche hatte feuchte Augen und das Nachsehen und Hansi Mecklin als seinen Statthalter. Aber in Ehren. Mit Hansi zog die Musik ein in die Kathedrale. Usche stellte sich auf Hansi ein. Sie spürte, über welche Art Musik er gerade am liebsten spräche, sprach über diese Art Musik und das Erstaunliche: sie konnte darüber sprechen. Alle Platten, die Hansi kaufte, kaufte Usche auch. Aber sie war nicht bloß

eine hastige Nachahmerin. Immer wieder einmal überraschte sie Hansi mit einer Platte, die Hansi, wie er zugab, erst zwei Tage später zu kaufen beabsichtigt hatte.
Die Frauen unseres Zirkels, vor allem die paar ledigen Damen, machten sich manchmal lustig über Usches Eifer. Wahrscheinlich, weil sie selbst zu bequem waren, Schritt zu halten mit den wichtigsten Entwicklungen.
Ich selbst habe in der Kathedrale nicht viel zur Geselligkeit beitragen können, da ich über Musik nicht mehr weiß als über Architektur. Trotzdem blieb ich. Ich wußte nicht warum, gestand mir allerdings ein, daß ich wahrscheinlich Usches wegen blieb. Da ich damals wieder als Photograph arbeitete, ließ es sich einrichten. Natürlich photographierte ich auch Usche, aber ich bat sie, die Bilder keinem Menschen zu zeigen. Wie auch immer ich sie aufnahm, selbst wenn ich sie aufnahm, ohne daß sie es merkte, die Bilder zeigten Usche immer als eine Frau, die alles tut, was man von ihr nicht verlangen kann. Aber ich tu es doch gern, sagte das Gesicht auf allen Bildern und lächelte schmerzlich überm Gartentor, lächelte großmütig überm Teetablett, lächelte herzlich beim Blumengießen, lächelte tragisch überm Briefkasten und entrückt über einer schräggehaltenen Schallplatte.
Ja, ich blieb wohl ihretwegen. Aber ich wußte nicht, warum ich ihretwegen blieb. Finno kam zurück, Hansi war wieder blank vor Feindseligkeit, wenn niemand mit ihm Platten hören wollte. Finno wagte es, frei heraus zu gestehen, daß er ohne Musik auskomme, ja

er ging sogar so weit, zu behaupten: er verstünde von Musik überhaupt nichts. Nie wieder sah ich einen Menschen ein so kühnes Geständnis ablegen. Im Gefangenenlager habe er zum letzten Mal gesungen, sagte Finno. Auf dem Rücken schwimmend, in einem kleinen See bei Tiflis, über sich den blauen Himmel, da habe er das Gefühl gehabt, er müsse singen. Hansi fröstelte vor Verachtung. Usche litt, das sah man. Sie mußte vermitteln. Aber Finno, dieser schön gewachsene Mann, krümmte sich vor Wut, wenn Usche ihr mildes Verständnis zwischen ihn und Hansi schieben wollte. Er sah es einfach nicht ein, warum er sich einigen sollte mit seinem Freund. Usche gestand, sie leide unter diesem Streit. Ach, Du leidest schon wieder, schrie Finno und fuhr mit einer riesigen Hand quer über den Kopf und zeigte uns, daß er jetzt seinen rührenden Knabenscheitel zerstöre, wie sich im Altertum ein Empörter die Kleider zerrissen hätte.

Nach solchen Szenen verabschiedeten wir uns mit gläsernen Stimmen. Hansi knirschte auf dem Heimweg mit den Zähnen und verfluchte Usche. Das war das Sonderbare: Usche verfluchte er, nicht Finno, mit dem er sich zerstritten hatte. Usche, die beide verstand und deshalb beide versöhnen wollte.

Ich lernte um. Mit einem Mal verstand ich alles, was über Usche gesprochen wurde, ganz anders. Die Frauen sagten: die hat doch andauernd geflaggt. Die Männer sagten, den Gefallen könnten sie Finno leider nicht tun. Plötzlich sah auch ich in jeder Bewegung Usches ein Angebot.

Kam ich allein zu ihr zum Tee, saß sie und blätterte

in einem Standardwerk über Doggenzucht. Mir fiel ein, daß ich ein paar Tage zuvor meine Vorliebe für Doggen erwähnt hatte.
Finno war den Winter über länger zuhause. Ich sah jetzt nur noch, wie er sich beherrschte. Sprach er ohne jede besondere Betonung bloß den Vornamen seiner Frau aus, sah ich in seiner Gelassenheit eine bewunderungswürdige Willensleistung. Wenn er uns nachts zum Gartentor begleitete, sagte er: ihr habt es gut. Hansi rief giftig zurück: selber schuld. Finno winkte ab. Ich hatte das Gefühl, daß er mich ansah, nur noch mich. Er machte mir einen Vorwurf, das spürte ich. Hielt er mich für undankbar? Was aber verlangte er von mir?
Es war gegen Ende Januar, als ich mich entschloß. Ich hatte eingesehen, daß es meine Pflicht war. Usche litt an einer Erkältung, hustete trocken und teilte uns mit: jeder Atemzug verursacht einen stechenden Schmerz. Als sie mit sorgfältigen und unter Bildern gehenden Sätzen ihre Schmerzen mitfühlbar machte, sprang Finno auf und rannte hinaus. Sie sah Finno nach, aber so, als sei er schon viel weiter weg; sie sah zur Tür, als wäre das die Ferne selbst, ihre Augenlider gaben etwas nach. Dann schaute sie fest zu mir herüber, lächelte, strich mir prompt über die Hand und sagte: er ist überarbeitet.
Anfang Februar fuhr Finno in die Berge. Usche erzählte mir, daß ihre Knöchel zum Skifahren zu schwach seien. Nach dem zweiten Knöchelbruch habe ihr der Arzt alle weiteren Versuche verboten. Sie habe es natürlich trotzdem noch einmal probiert. Erst

nach dem dritten Knöchelbruch habe sie einsehen müssen, daß sie ihrem Mann keine Bergkameradin werden könne.

Ich hatte mir keinen genauen Plan gemacht. Ich bin nun einmal am besten, wenn ich improvisiere.

Usche empfing mich in einem gelben Hausanzug. Sie hustete immer noch. Sie fragte mit leiser Stimme, wie es den Freunden gehe. Den Tee goß sie ein, daß man sah, auch diese Bewegung schmerzte sie schon. Sie ließ sich im Sessel zurückfallen, ihre Hände hingen über die Lehnen hinaus, baumelten. Aber sie lächelte. Sozusagen tapfer. Ich rückte näher. Sobald sie meine Hand spürte, schloß sie die Augen und streckte sich noch länger aus im Sessel. Ich legte ihr eine Hand über die Augen und massierte die grünlich schillernden Lider. Ihre tief ins Gesicht gesenkten Mundwinkel lebten auf. Sie war jetzt schon glücklich. Wie ein Kind, das abends vor dem Einschlafen seine Eltern bittet, sie möchten doch dem Christkind erzählen, daß es einen ganzen Tag lang lieb gewesen sei, so bat Usche flüsternd zu mir herauf: versprich mir, daß es Finno erfährt. Ich sagte, dessen könne sie ganz sicher sein und stäubte, während ich immer noch ihre perlmuttenen Lider massierte, mit der anderen Hand das Pulver in den Tee. Nachdenklich und ohne am Tassenrand anzustoßen, rührte ich um. Ihre Augen gab ich erst frei, als ich schon die Rum-Flasche in der Hand hatte und goß, daß sie es sah, vieldeutig lächelnd, die halbleere Teetasse bis zum Rand voll mit Rum. Auch mir goß ich Rum nach, forderte Usche auf zu trinken, trank ihr frech vor und setzte mich

dann auf die Lehne ihres Sessels, um ihren Kopf in Empfang zu nehmen. Die leergetrunkene Tasse nahm ich ihr aus der Hand, prüfte den Boden der Tasse, stellte die Tasse weg und setzte dann meinen Leib ihren rasch arbeitenden Händen aus. Eine Langspielplatte ging zu Ende. Aber das Pulver wirkte schon. Usches Hände ermatteten. Usche strandete an mir. Ich kitzelte sie. Sie quiekste noch wie eine sehr junge Maus. Ich kitzelte noch einmal, sie gab keinen Laut mehr. Feierlich trug ich die große Usche in die Küche, setzte sie behutsam auf den Küchenstuhl, schob sie mit dem Stuhl eng an den Küchentisch, legte die langen Arme und die Hände auf der Tischplatte aus, bettete ihr den Kopf auf Arme und Hände und wendete ihr das Gesicht mit vorsichtig zärtlichen Griffen in Richtung Herd. Nach zweimaligem Rucken überwand ich die Sicherheitsvorrichtung des Gashahns, drehte ihn in Pfeilrichtung bis zum Anschlag, sah noch einmal auf Usche. Noch nie hatte sie so glücklich gelächelt wie in diesem Augenblick. Ich mußte auf dem Weg, der mich zum Fenster und wieder zurück zur Tür führte, sowieso noch einmal an ihr vorbei, also küßte ich ihr die schon etwas feuchte Schläfe. Dann war es aber, des heftig ausströmenden Gases wegen, wirklich Zeit zu gehen.
Ich nahm drüben noch einen großen Schluck Kognak und ging dann hinab in die Königsstraße, in der viele Leute wie alarmiert durcheinanderliefen: es war Fasching. Ich band meinen seidenen Schal dreieckig ums Gesicht, gab mich als einfachen Verbrecher und feierte mich.

Bei der Beerdigung defilierte ich in einer Reihe mit Hansi und den anderen am ruhig starrenden Finno vorbei, drückte ihm die Hand, spürte seinen herzlichen Gegendruck, murmelte mein Beileid und nahm seinen Dank entgegen. Hansi, anstatt etwas zu sagen, klopfte seinem Freund auf die linke Schulter. Sie sahen einander an.

Ich blieb noch ein paar Tage, entschloß mich dann plötzlich, Stuttgart zu verlassen. Finno und Hansi widersprachen nicht. Sie begleiteten mich auch nicht. Also ging ich langsam und allein über den Bahnhofsplatz, der bei der Kälte fast leer war; lediglich die Straßenbahnen rasselten herein, hielten, warteten, bis auch die beleibtesten Greisinnen eingestiegen waren und schoben dann hart und heftig davon. Mein Zug war nicht überfüllt, aber angenehm bevölkert von Leuten, die auch in Stuttgart zu tun gehabt hatten.

Ein schöner Sieg

In der Kleinstadt hat man seinen Feind vor Augen, das schon. Wer nie einen Feind hatte, kann das sogar für einen Vorteil halten. Wer aber seinen Feind hat, dem radiert es ganz schön die Arterien entlang, wenn er in jeder der fünf Straßen immer wieder diesem biegsamen Herrn in die Arme läuft. Das war ja gerade, als gäbe es fünf solche Herrn, biegsam und namens Benno, als hätte ich nicht einen, sondern fünf Feinde. Wagte ich mich auf die Post, stand der sechste Herr Benno schon parat, um einen Schritt vor mir in die Vorhalle zu springen, mir zuliebe die ewig schwingende Tür zu bändigen und sich schließlich – um mich seine in den Gelenken beheimatete Überlegenheit so recht spüren zu lassen – tief vor mir zu verbeugen.

Ich übersah den gelenkigen Zauber, den er aufführte, übersah den ganzen Herrn Benno. In meinen hin- und herhastenden Augen konnte er lesen: Sie wurden übersehen, Herr Benno. Ich weiß, ich weiß, murmelte er und erschien mir aus der leeren Telephonzelle, auf die ich listig, aber schon in Atemnot, zugerannt war.

Als Herr Benno in die Straße zog und von einem Tag auf den anderen visàvis ein Geschäft eröffnete – es war als hätte er in der einen Nacht den Briefmarkenladen aufgegessen, der all die Jahre keinen Menschen gestört hatte –, da wußte ich sofort, daß jetzt endlich mein Feind leibhaftig erschienen war. Herr Benno gab sich den Anschein, als sei er lediglich dort eingezogen, um

Hosen zu verkaufen, nichts als Hosen, eine hing platt neben der anderen, aber mich konnte er nicht täuschen. Ich bekleide den Herrn zwar nur bis zur Gürtellinie, der Gürtel selbst, das gebe ich zu, spielt in meinem Geschäft schon so gut wie keine Rolle mehr, aber immerhin, ich führe ihn. Herr Benno verbarg seine Gürtel zuerst noch in Schubladen, sicher hat er aber seinen Kunden gesagt, wenn sie wollten, könne er, und da fuhr er die Schublade schon aus und seine Hände und Arme tauchten auf, über und über behängt mit schlangenhaft züngelnden Gürteln. Aus Freundschaft zu mir will er eingezogen sein, der Gürtel mehr ein Berührungspunkt als ein feindliches Aufeinandertreffen, die Hosen eine treffliche Ergänzung, jetzt könne sich ein Herr endlich komplett ausstaffieren in unserer Straße, und dergleichen ölige Sprüche, der Gürtel mehr dies als das, und *trefflich* gebrauchte er. Wenn einer schon *trefflich* gebraucht! Vorsicht, sagte ich, Vorsicht, der redet über den Gürtel hinweg und *trefflich* sagt er, *trefflich* gebraucht er, mein Gott, da dürfte wirklich Vorsicht geboten sein.
Nun bin ich so, daß ich schnell etwas einsehe. Zu schnell, um gesund alt werden zu können. Viel zu schnell sah ich ein, daß es diesem biegsamen Herrn gegenüber nur eine Rettung gab: die bedingungslose Unterwerfung. Gott sei Dank wird mein gefährliches Talent, alles sofort einzusehen, wieder ein bißchen ausgeglichen durch die Unfähigkeit, meinen Einsichten entsprechend zu handeln. So habe auch ich meinen Schutz. Man wird allerdings nicht verlangen können, daß einer, der immer gezwungen ist, gegen seine Ein-

sichten zu praktizieren, als ein besonders fröhlicher Mensch umherhüpft.

Ich wehrte mich also gegen Herrn Benno so gut es ging, obwohl ich eingesehen hatte, daß Herr Benno ein Feind war, der für mich erfunden worden war; das Schicksal selbst mußte ihn in Auftrag gegeben und alle notwendigen Maße geliefert haben. Schrittlänge, Halsgelenkigkeit, Brustumfang, Augenschärfe, Brauenbeweglichkeit, Haarfarbe und Bartwuchs, alles so, daß ich zugeben mußte: jawohl, das ist er, Dein Feind. Das Schlimmste war wohl – und daran erkannte ich eigentlich erst, daß Herr Benno geschaffen worden war, um mein Feind zu sein –: man hatte Herrn Benno mit nichts endgültig ausgestattet. Man kannte wahrscheinlich meine Wendigkeit, meine nicht unbeträchtliche Phantasie, und sagte sich, einen Feind, den man ihm fix und fertig gegenüberstellt, den wird er einfach umgehen, den spinnt er ein, der ist nach vierzehn Tagen sein Freund. Also hielt man Herrn Benno sozusagen im Fluß. Er wurde von allem, was ich gegen ihn unternahm, schon vorher unterrichtet. Dann erst gab man mir den Einfall ein, auf die und die Weise gegen Herrn Benno vorzugehen, schickte mich also gegen den mit jeder Art von Lächeln gerüsteten Herrn Benno ins Feld. Für ihn muß es fast langweilig gewesen sein. Aber vielleicht genügte es ihm auch, daß er einfach seine Pflicht tat.

Jeder weiß, für den Unterlegenen ist der Kampf viel spannender als für den Überlegenen. Wie man doch überall auf Gerechtigkeit stößt! Da bin ich, da ist Herr Benno. Ich weiß noch nichts als daß dies einer jener Vormittage ist, an denen man sich nicht gern im Spiegel sieht. Voller Zärtlichkeit gegen sich selbst ist man am Vorabend eingeschlafen und am Morgen wacht man auf und möchte weinen vor Widerwillen gegen die anbiedernde Grimasse, die einem aus dem Spiegel entgegengrinst. Man verbietet sich diese Grimasse, zieht sie ein, man bewölkt das Gesicht, aber kaum sieht man sich bewölkt, könnte man zischen vor Verachtung über den Provinzschauspieler, der da im Spiegel posiert. So zieht man rasch und immer hastiger noch fünf, sechs Gesichter auf, eines unerträglicher als das andere, bis man es nicht mehr aushält und sich vornimmt, vorerst überhaupt keinem Spiegel mehr in die Quere zu kommen. Für mich, der ein Herrenmodengeschäft zu betreiben hat, ist das schwer durchzuhalten. Trete ich an einem solchen Tag hinter den Kunden, der vor dem Spiegel steht, will ich mit der Hand die Silhouette, die die Jacke dem Kunden beschert, in der Luft nachzeichnen, dann sehe ich nicht die Taille des Kunden, sehe seine Schultern nicht, sondern sehe mich; die Hand bleibt starr in der Luft stehen, sie vergißt die zärtliche Kurve, die sie, zur Betörung des Kunden, in die Luft zeichnen soll, mein Gesicht füllt sich mit Widerwillen, der halbgewonnene Kunde, der mir einen letzten, um Bestätigung bittenden Blick zuwirft, sieht meine Grimasse des Ekels, wird mißtrauisch, weil er das alles auf die Jacke bezieht, die er gerade anprobiert, er zieht die nächste und die übernächste an, und jedesmal schreckt ihn mein Gesicht wieder aus den Ärmeln hinaus, er verliebt sich in keines der Muster, wird vielmehr an-

gesteckt von meinem Ekel, von meinem Gram, und rennt schließlich mit Selbstmordgedanken auf die Straße. Ich folge ihm bis zur Tür, lächle wie eine alternde Filmschauspielerin, und da passiert es: wen sehe ich visàvis: mich, in Gestalt von Herrn Benno. Er lächelt wie eine alternde Filmschauspielerin.
Das macht ihn so überlegen, daß er schon beim Frühstück weiß: heute kann der da drüben sich nicht ausstehen. Und zu dieser ungeheuren Einfühlungskraft hat er auch noch die Fähigkeit, sich in mich zu verwandeln. Mühelos tritt er unter seine in die Zukunft führende Ladentür, um mich, wenn ich vor meinen Spiegeln fliehe, gütigst und unvertreibbar mit meinem Spiegelbild zu empfangen.
Das tut er natürlich nicht an Tagen, die mich schon vom ersten Frühlicht an mit Selbstzufriedenheit erfüllen. Ihm wird während der Nacht oder beim Rasieren, so genau kann ich es auch nicht sagen, spätestens aber beim Frühstück wird ihm eingegeben: heute sind dem da drüben rothaarige Dicke zwischen sechsundvierzig und dreiundfünfzig widerlich, besonders wenn sie grüne Anzüge mit wattierten Schultern tragen. Ohne zu zögern und ohne Gewissensbisse tritt Herr Benno flugs als rothaariger Dicker von zirka achtundvierzig im grünen Anzug mit wattierten Schultern auf. Und da er meine Abneigungen viel genauer kennt als ich selbst, da ich ja wahrscheinlich erst von meinen Abneigungen befallen werde, wenn er schon bereit ist, deshalb trägt er noch eine violette Warze rechts neben der Nase und einen roten Schnauz, in dem Tropfen dauerhaft glitzern, und übertrifft so

alle rothaarigen Dicken, die ich je zuvor gesehen habe. Während er mir dann in jeder Straße entgegenläuft, oder vor mir die schwingende Posttüre aufreißt, steckt er sich immer wieder mit spielerisch ausholender Handbewegung eine leere kalte Pfeife unter den fettigen Schnauz. Mit dieser vollkommen unnötigen Geste, denn die Pfeife ist immer kalt, weist er mich darauf hin, daß er gar nicht der sechsundvierzig- bis dreiundfünfzigjährige Dicke ist, sondern daß er Herr Benno ist, der es nur aus Willfährigkeit einem zürnenden Gott gegenüber übernommen hat, als Mannequin gegen mich Dienst zu tun, als Mannequin, dem jedes Kostüm recht ist, das mich ärgert, mich in Trauer oder Raserei stürzt, bis ich schließlich nicht mehr anders kann, als hinüberzurennen und ihn zu bitten, mich als seinen Angestellten anzunehmen, weil ich dann wenigstens im Schutz gewisser Gesetze, die dem Arbeitnehmer die nackte Existenz garantieren, noch ein paar ruhig matte Jahre verbringen könnte.
Ich bin nicht hinübergerannt. Auch Händeringen und kniefälliges Beten gestattete ich mir nicht, denn Herr Benno war doch offensichtlich höheren Orts besser angeschrieben als ich. An irgendeinen Antiken erinnerte ich mich, der konnte tun, was er wollte, sein Gegner hatte immer rechtzeitig so ne flinke Göttin im Ohr, die alles vereitelte. Natürlich hätte ich die Hölle anrufen können; diese unteren Mannschaften sind ja die einzige Hilfe, auf die der Unterlegene wirklich zählen kann. Aber so schwach war ich noch nicht. Auch war ich nicht sicher, ob mein Herr Benno nicht von oben und unten subventioniert wurde. Ich

igelte mich ein. Wer von meinen Freunden und Bekannten auch nur ein Sterbenswörtchen über Herrn Benno sagte, den kannte ich nicht mehr. Natürlich ließ ich weder meine Frau, noch meine Freunde und Bekannten merken, was sich zwischen Herrn Benno und mir abspielte. Ein Freund nach dem anderen wurde aus meinem Leben gestrichen. Wer es über sich brachte, von Herrn Benno anders als mit Abscheu zu sprechen, mit dem war ich fertig. Nicht, daß ich auch nur ein einziges Mal versucht hätte, den und jenen eines Besseren zu belehren. Oh nein. Ich stimmte fröhlich ein, wenn sie den schlanken Herrn Benno lobten, seinen Geschmack, den er in seinen Schaufenstern beweise (wo wirklich eine Hose platt neben der anderen hing), seinen liebenswürdigen Dialekt (diesen Gaunerjargon, schwankend zwischen Böhmisch und Friesisch, hielten sie für einen Dialekt), seine Musikalität (musikalisch nannten sie ihn, weil er eine laute Stimme hatte, weil er schamlos genug war, acht Tage nach seinem Eintritt in den Gesangverein dem verdienten Solo-Tenor unseres Vereins sämtliche Solopartien zu entreißen, was sich der Dummkopf auch mit vor Ergebenheit leuchtenden Augen gefallen ließ, denn es war nun einmal Mode geworden, Herrn Benno anzuhimmeln).

Aber wie gesagt, ich sträubte mich nicht, ich war der erste, der nach unserem Konzert am Dreikönigstag auf ihn zuging und ihm die Hand solange preßte, bis die anderen, die sie ihm auch pressen wollten, ungeduldig wurden und mich wegstießen, so daß es mir leider nicht gelang, die weiteren Glückwünsche zu verhindern. Ich war auch der, der im Lions-Club die herzlichste Werberede hielt, um Herrn Bennos sofortige Aufnahme in den Club zu bewirken; aber bis der Club-Sekretär bei Herrn Benno vorsprach, war er schon – wie ich befürchtet hatte – in den Rotary-Club eingetreten. Ich rannte in viele Wohnungen, um Herrn Benno in möglichst viele Ausschüsse und Komitees wählen zu lassen, und konnte es doch nicht verhindern, daß er zu alledem auch noch in den Stadtrat gewählt wurde.

Gut und gern fünf Jahre habe ich damit zugebracht, nur für Herrn Benno zu werben, sein Ansehen zu vergrößern und ihm zu immer mächtigeren Stellungen in unserer Stadt zu verhelfen. Meine Rechnung war klar. Er mußte den anderen unangenehm werden. Der Oberbürgermeister mußte ihn zu fürchten beginnen. Aber Herr Benno nippte nur von all der Macht, die ich ihm zuschanzte, und er machte von seinem Einfluß auf eine so zarte und liebenswürdige Weise Gebrauch, daß ich ratlos wurde.

Ich stand inzwischen kahl und ohne Anhang da. Weil ich niemanden ertrug, der gut von Herrn Benno sprach, hatte ich mir eine Zeitlang damit geholfen, daß ich immer zuerst das Wort ergriff; ich fürchtete, jeder, der den Mund aufmacht, wird gut über Herrn Benno sprechen. Und wenn schon gut über ihn gesprochen werden mußte, dann war es mir lieber, ich selbst war sein Lobredner. Aber meine Freunde und Bekannten wollten nicht für alle Zeit darauf verzichten, auch einmal etwas zum Lob dieses besonders gelungenen Mannes zu sagen. Also mied ich die Menschen.

Da holte aber Herr Benno zu einem schlimmen Schlag aus. Er vermittelte zwischen mir und meinen Freunden, die sich wahrscheinlich bei ihm über mein rätselhaftes Ausbleiben, über meine Unzugänglichkeit beklagt hatten. Herr Benno war es, der sie mir alle wieder ins Haus schickte, der sie aufhetzte, sich mit mir wieder zu versöhnen. So wollte er dafür sorgen, daß ich bis an mein Lebensende die Redereien zu seinem Lob anhören mußte. Und die Freunde, die meine Beziehung zu Herrn Benno nicht im mindesten durchschauten, waren naiv genug, mir mitzuteilen, ich hätte es nur Herrn Benno zu verdanken, daß sie es trotz meines sonderbaren Benehmens noch einmal mit mir probierten.

Konnte ich die ganze Bande noch einmal vor den Kopf stoßen? Ich tat's. Ich warf jeden hinaus, ich besuchte keinen Club mehr, der zweite Tenor im Gesangverein war um eine Stimme ärmer, sollten sie mich für verrückt halten, mir war alles recht, wenn ich bloß nichts mehr von Herrn Benno hören mußte. Meine Frau lebte auf. Sie hielt es für reine Zuneigung. Endlich hatte sie mich ganz. Kanaan lag dicht vor unserer Nase. Jeden Abend strickten wir beide an einem innigen Plaudergewebe, beide bemüht, einander zu beweisen, daß wirs prächtig aushielten ohne die übrige Welt. Aber sie konnte es nicht lassen, von der Welt zu sprechen. Und die Welt war für sie unsere Stadt. Und von der Stadt zu reden, ohne von Herrn Benno zu reden, war unmöglich. Man sage nicht, ich hätte ihr eben anvertrauen müssen, welche Plage mir das Dasein dieses Herrn bereitete. Lieber hätte ich noch Herrn Benno selbst eingestanden, wie es um mich stand, lieber jedem Fremden, jedem der treulosen Freunde, bloß nicht meiner Frau. Hätte ich ihr auch nur eine Andeutung gemacht, sie hätte sich sofort in ihn verliebt. Schließlich sah sie zu mir auf, zumindest verehrte sie mich, und jetzt hätte sie plötzlich hören müssen, daß ich nichts als ein Zwerg bin, der bei ihr Schutz sucht auf der Flucht vor dem Riesenschatten des Herrn Benno! Man kann mir über die Ehe erzählen, was man will, aber den Anschein einer gewissen Überlegenheit muß ein Mann schon zu wahren wissen, sonst löst sich doch alles in ein Auf und Ab auf und die Stabilität ist hin; eine Ehe ist eine Währung, ganz ohne Vertrauen geht es weiß Gott nicht.

Und meine liebe gute Frau fängt also an von Herrn Benno zu sprechen, schwärmt von seiner blanken Stimme, rühmt seine Schaufenster, findet, auch die unseren seien besser geworden, seit visàvis Herr Benno eingezogen sei, lobt mich, daß ich mich im freundschaftlichen Wettstreit mit Herrn Benno so gut entwickelt hätte. So schwätzte sie Abend für Abend. Ich war listig, gab mich äußerst beherrscht. Ich wußte, dies ist Deine letzte Zuflucht. Wenn er Dich von hier vertreibt, ist es aus. Es wird sich legen, dachte ich und begann, in meiner Frau Interesse für entlegenere Dinge zu wecken. Ich kaufte Bildbände über polynesische Kunst, schaffte einen Projektor an, kaufte Schmalfilme, farbige, die vermuten ließen, auf Südseeinseln sei alles einfacher, kaufte Platten mit asiatischer Tempelmusik, unter deren beharrlichen Schlägen jeder

Zuhörer zugeben muß, daß er eine Seele hat, und als der Stoff sich zu erschöpfen begann, bereitete ich eine Umschichtung des Familieninteresses nach Südamerika vor. Diesen Wunder- und Zauberkontinent würden wir wohl nicht so schnell aufarbeiten, hoffte ich. Und als ich mir das Angebot an Platten, Bildern, Büchern und Schmalfilmen besah, wußte ich, das wird bis zur goldenen Hochzeit reichen, falls Herr Benno uns solange belagerte. Aber leider versagte meine Frau. Sie erlahmte einfach. Kopfschmerzen schützte sie vor, gähnte auch ganz unverhohlen, ja sie schlug sogar vor, ob wir nicht doch wieder einmal ausgehen sollten, in den »Kranz«, zum Tanzen, vielleicht träfen wir Bekannte, vielleicht sogar... Nein, schrie ich, Schluß, kein Wort mehr. Ich wußte natürlich, wen sie dort treffen wollte. Sie behauptete, ich wisse es nicht. Ich will es nicht wissen, sagte ich so gefährlich leise als möglich. Wir übertreiben es, sagte sie. Das Geschäft leidet, sagte sie. Gestern traf ich Herrn Benno, sagte sie. Ich verglühte, löschte aus, stand starr vor der Verräterin. Ahnungsloses Mundwerk Du. Du hast ihn eingelassen. Und da sind wir nun ein Fleisch, dachte ich und wandte mich ab und suchte nach einem Spiegel.

In der siebten Nacht nach diesem Abend machte ich noch einen Versuch. Ich hatte Hosen eingekauft. Es war, wie ich heute einsehe, eine Verzweiflungstat. Ich stopfte meine weichen, phantasievoll gebauschten Kashmere-Shawls in dunkle Schachteln, riß den Schirm aus dem Fenster, die zierlich gestikulierenden Handschuhe, die nie zu beruhigenden Manschetten-

knöpfe, die ergeben hingebreiteten Pullover und all die auf sich bedachten herrlichen Hemden, alles, auch die vertrauensvoll hingestreckten Socken, alles riß ich aus den Fenstern und hängte Hosen hinein, eine Hose platt neben die andere, und an jedes Hosenbein heftete ich das dumme plumpe Preisschild, daß jeder Passant am nächsten Morgen verwundert stehen blieb und nicht mehr wußte, auf welcher Straßenseite er sich eigentlich befand.
Herr Benno reagierte darauf, wie ich es verdiente. In meiner eigenen Gestalt, die ich an diesem Morgen bis zu diesem Augenblick mit Erfolg gemieden hatte, mit meinen eigenen Gesten rannte er über die Straße, stürzte herein und beglückwünschte mich zu meinem Entschluß, mich endlich mit ihm zu fusionieren. Er umarmte mich. Es war kurz vor zehn. Um diese Zeit hat meine Frau das Frühstücksgeschirr gespült und kommt herunter. Sie kam auch an diesem Tag herunter, sah uns, zuckte mit den Augenbrauen, rieb sich die Augen, sah sich nach Spiegeln um, rannte von einem Spiegel zum anderen, drehte alle Spiegel um, behängte die, die sich nicht drehen ließen mit Blazers, weil das die längsten Jacken sind, die ich führe, wandte sich wieder zu uns, ging schüchtern auf uns zu, konnte ihre Augen aber doch nicht daran hindern, fröhlich und gierig, ja immer gieriger aufzuleuchten, reichte Herrn Benno die Hand, der ergriff ihre Hand, Frauenhände ergreifen, das kann er, die Rechte schmiegt sich in die Rechte, gleichzeitig stellt er ein Bein zurück, greift mit der Linken nach ihrem Handgelenk, schiebt seine Linke wie eine Manschette um

ihr nacktes Handgelenk, so wie er jetzt steht und zugreift, kann er machen mit ihr, was er will, kann sie, was Hebelwirkung und Standfestigkeit angeht, ohne weiteres über seine Schulter werfen, das will er aber nicht, er will ihr nur zeigen, daß er es könnte, das genügt auch, sie schmilzt ihm hin, spricht ihn mit meinem Namen an, er lächelt dauerhaft, begreift es zu spät, zumindest später als ich, eine Sekunde später, und diese Sekunde war meine Sekunde, meine Lebenssekunde, möchte ich sagen, denn in dieser Sekunde verschwand ich, war draußen, war am Bahnhof, war fort und kann nun, aufgehoben in der Großstadt, zurückblicken auf diese schlimme Zeit, die ein so gutes Ende nahm. Ich will mich nicht zu laut rühmen, aber man wird zugeben, daß es keine Kleinigkeit ist, nach Jahren geduldigen Nachgebens, die eine einzige unwiederbringliche Sekunde zum entscheidenden Schlag zu benützen. Ich weiß nicht, ob Herr Benno heute in jener Kleinstadt unter meinem Namen oder unter seinem Namen die beiden Geschäfte betreibt, das ist mir auch egal. Einer von uns beiden ist ausgelöscht. Das genügt mir.

Manchmal kribbelt es mich zwar, es ist mir, als müßte ich hinfahren und als Herr Benno dort ein Geschäft anfangen, von mir aus eins mit Unterhosen, aber dann sage ich mir, daß man einen Sieg nicht zu sehr ausnützen soll. Ich habe hier ein kleines Geschäft mit ausgesuchten Artikeln, keine Hose hängt platt neben der anderen, Handschuhe spielen miteinander in meinen zwei Fenstern, gläserne Füße bitten um Vertrauen zu den Socken, die sie tragen, ein Schirm steht wieder schräg und streng wachend über allem, und ich sage mir, es ist besser, sich nicht mehr zu weit hinauszuwagen. Ich will schon zufrieden sein, wenn der Übermut nicht Herrn Benno oder wie immer er jetzt heißt, befällt und ihn verführt, nach mir zu suchen. Jeden Morgen schaue ich zuerst auf das Geschäft visàvis, es ist leider ein Briefmarkenladen, aber ich preise mich glücklich, wenn dort immer noch Briefmarken ihr gezahntes viereckiges oder rechteckiges Dasein auf weißen Rahmen fortfristen. Gelegentlich mache ich bei dem alten Herrn drüben einen Besuch, erkundige mich nach der Geschäftslage – ich bin Briefmarkenläden gegenüber nun einmal mißtrauisch, das gebe ich zu –, biete ihm zinslose Kredite an und kaufe, wenn er Kredite schüchtern ablehnt, ein paar Marken ohne im geringsten um den Preis zu handeln. Ob er Erben habe, die sein Geschäft fortführen werden, frage ich mit flatternder Stimme. Ja, die hat er, versichert er und ich gehe pfeifend über die Straße in mein Geschäft zurück. Und doch muß ich jeden Morgen wieder unruhig hinüberschauen, denn noch einmal möchte ich den Kampf gegen Herrn Benno nicht durchstehen. Vor allem hätte ich jetzt ja keine Frau mehr, mit der ich ihn in der entscheidenden Sekunde überlisten und schlagen könnte. Und weil ich jetzt weiß, worauf ein Mensch gefaßt sein muß, falls er ein Herrenmodengeschäft betreibt, werde ich mir überlegen, ob ich nicht doch noch einmal heiraten soll. Ganz abgesehen davon, daß es auch wohltuend ist, seinen Feind in den Armen der eigenen Frau untergehen zu sehen. Die Trauer hat ihre Grenzen. Schließlich gehört meine Frau jetzt dem Menschen, der mir näher kam als je ein Mensch zuvor, der als einziger wußte, was zwischen ihm und mir vorging, also war er wohl auch der einzige, der mich verstanden hat.

Eine unerhörte Gelegenheit

Mit den Füßen stieß ich mich ab, Tisch und Papierkorb zog ich nach mit den Händen, ohne aufzustehen rutschte ich vorsichtig in dem Zimmer herum, das Fräulein Hotz mir angewiesen hat. Glitt ich aus auf dem Linoleum, stemmte ich mich steiler weg. So suchte ich, rückwärtsrutschend, den besten Platz, bis ich ihn in der äußersten Ecke fand. Wie der Zeiger der Uhr mußte ich unmerklich Fortschritte machen, sonst hätte mir das gern und flink kontrollierende Fräulein den Weg in die Ecke zuletzt noch verlegt. Jetzt deckt die Ecke meinen Rücken, rahmt mir die Schultern, das Zimmer liegt wie ein Schußfeld vor mir und der Tisch, der quer vor meiner Ecke steht, schützt mich gegen alles, was plötzlich durch die Tür kommen kann. Eine Stellung, um fröhlich zu werden, das ist klar. Kein Wunder, daß ich öfter einfach singe. Die Mädchen in den anderen Zimmern legen die Schere weg, lassen die Nähmaschinen einen Augenblick aus der Umarmung. Klatschen auch schon mal. Meine Stimme trägt, das weiß ich.

Eine Wäscheklinik nennt Fräulein Hotz ihren Ausbesserungsbetrieb. Seit ich hier wohne, weiß ich, daß die Menschen nicht in jeder Jahreszeit gleich rücksichtslos umgehen mit ihrer Wäsche. Hat draußen die Liebe Saison oder der Haß – was es jeweils ist, läßt sich den zerrissenen Wäschestücken nicht mehr ansehen – dann gibt es zu tun bei Fräulein Hotz.

Sofort werden noch vier Mädchen eingestellt. Zwei oder drei werden mir ins Zimmer gesetzt. Dann sing ich eine Zeit lang sehr leise.
Fräulein Hotz erlaubt mir Gesang als zweites Fach, besteht aber darauf, daß ich der Ausbildung am Klavier den Vorrang gebe. Trifft sie mich schreibend an, müssen auf meinem Blatt Wörter wie Sonatensatz oder Mozart zu lesen sein. Die Stiche und Nähte ihrer Näherinnen kontrolliert sie nicht halb so genau wie die Papiere auf meinem Tisch. Wenn also in meinen Aufzeichnungen plötzlich der Satz auftauchen sollte: *Bach erlebte noch den Beginn der Verdrängung des Klavichords und Klavicimbals durch das Pianoforte,* dann heißt das, Fräulein Hotz ist plötzlich eingetreten.
Zum Glück ist Fräulein Hotz nach der Geburt ihres einzigen Kindes dick geblieben. Mit Hilfe eines scharfen Gürtelchens versucht sie sich einzuteilen. Was sie aber aus der mittleren Gegend wegschnürt, quillt oben und unten aus. Seit ich die Ecke erreicht habe, muß das Fräulein sich recht plagen, bis sie neben mir steht.
Als sie mich im Jahre 50 aufnahm, wußten wir beide nicht, daß wir einander einmal so zäh belagern würden. Ich war auf der Flucht, kam aus Stuttgart, an einem Sonntag, dem eine ganz überflüssige Gedächtnismarkierung zuteil wurde durch den Ausbruch eines Krieges. Wer an diesem Sonntag in Stuttgart war oder im nördlichen Württemberg, der weiß, daß der Himmel schwarzblau war und tief herabhing. So eine Wolkenwüstenei, unter der man unsicher hin-

fährt. Ein Kanonendonnerhimmel, unter dem man den Kopf einzieht. Ich fuhr unsicher, mit eingezogenem Kopf unter diesem Himmel hin, suchte Madonnen in entlegenen Kirchen, weil es damals zu meinem Beruf gehörte, abseitsstehende Madonnen zu photographieren. Mein Autoradio, seinen Zweck endlich doch noch erfüllend, teilte mir mit, daß ein Krieg ausgebrochen sei. Natürlich dachte ich sofort: an diesem Sonntag mußte ein Krieg ausbrechen. Nicht bloß des Himmels wegen. Auch meinetwegen. Ich atmete auf. Immer, wenn ich eine Zeit lang darauflosgelebt habe, nachlässig, hastig, ohne Bedacht, wird die Umwelt nervös, lädt sich auf, zeigt, daß sie mich nicht länger ertragen kann. Ich sehe dem Augenblick entgegen, der alle zusammenführen wird, die mich kennen. Das genügt dann schon.

In solchen Zeiten wünsche ich immer, eine große Katastrophe möge die Leute ablenken von mir. Jener Krieg in Korea, das spürte ich sofort, war mir zuliebe arrangiert worden. Auch bei uns entstünde ein milderndes Durcheinander, eine hilfreiche Verwirrung. Umstände also, die meine Flucht begünstigen konnten. Fliehen mußte ich. Aber ich weiß nicht, ob ich auf der Rückfahrt nach Stuttgart den Mut gefunden hätte, in Waiblingen nach Osten abzubiegen, wenn ich nicht seit dem Verlassen der Löwensteiner Berge ununterbrochen Kriegsmeldungen gehört hätte.

Der schlechte Lautsprecher meines Autoradios quetschte alle Drohreden und Warnrufe jenes Nachmittags auf seinen schmalen Frequenzbereich zusammen und gab dadurch den Stimmen aus allen Weltlagern eine einheitliche, nur noch mich betreffende Schärfe. Der achtunddreißigste Breitengrad war überschritten, ich bog in Waiblingen nach Osten ab, begann plötzlich laut zu singen, erreichte, immer noch singend, in Ulm die Autobahn, ließ mich, aufatmend, von der Einfahrtsschleife hineindrehen in die Gerade und hatte das Gefühl, daß ich mit donnerndem Motor auf München zuraste.

Es war aber eine Flucht. Sie endete bei Fräulein Hotz, in der Ecke dieses Zimmers.

Nun war ich aber zu der Zeit, als ich mich in Stuttgart niederließ, schon ein gewiefter Mann, wußte schon, mit welcher Behutsamkeit man eine neue Stadt betreten muß. Nie wieder würde ich wahllos Bekanntschaften machen. Stuttgart durfte für mich zu keinem zweiten Göttingen werden. Kommst Du mit einem ins Gespräch, mußt Du sofort prüfen, ob der paßt zu den Leuten, die Du schon kennst. Du bist verantwortlich für den Zusammenhang und für alle Möglichkeiten. Der Nachmittag, als ich in Göttingen den milden Geistlichen Martin Mohr bei mir zum Tee hatte und dann kam jäh herein mein Freund, der radikale Grafiker Nacke Bruut, dieser Nachmittag wird mir eine Lehre bleiben.

Ein guter Photograph ist fast überall willkommen. Das war mein Glück. In Stuttgart fing ich bei Herrn Dr. Muspel an. Muspel war ein hoher Militärarzt gewesen, bevor er die Medikus-Mull-A.G. gegründet hatte. Auf den Hauptverbandsplätzen jenseits von Maas und Memel hatte er sich vorbereitet auf die Gründung einer solchen Firma. Er war so musikalisch und kunstverständig wie ein feinerer Mediziner sein soll. Von anderen feinen Medizinern unterschied er sich noch dadurch, daß er die Jagd ablehnte und als Sport nur Hallenhandball gelten ließ. Er selbst hat in allen Städten, in denen er länger als sechs Monate wirkte, akademische Hallenhandball-Clubs gegründet.

Aus diesen Angaben zu Muspels Person kann jeder ergänzen, wie Muspel etwa über Amerika dachte oder gar über Amerikaner, was er hielt von Akkordeon-Clubs oder vom Federballspiel. Nur noch ein Hinweis ist nötig. Der Hinweis auf eine Muspelsche Neigung, die sich zwar ungeheuer harmonisch einfügt in Muspels Wesen, auf die man durch psychologisches Schließen aber doch nur dann kommt, wenn man schon sehr viel Übung hat. Zuletzt, das will heißen, als er schon sechsundfünfzig Jahre alt war, hatte Dr. Muspel noch entdeckt, daß in ihm ein Talent schlief, das sich nur in Batikarbeiten ganz entfalten konnte. Er weckte die Liebe zu diesem schönen Kunsthandwerk auch in seiner Frau. In seinen Töchtern wird sie ohnehin als ein Erbe geschlummert haben.

Dr. Robert Muspel war mein Auftraggeber und mein erster Bekannter in Stuttgart. Vielleicht begreift man, daß es nicht einfach ist, Bekanntschaften zu machen, wenn man immer eine so deutliche Persönlichkeit wie Dr. Muspel als Richtmaß vor Augen hat. Das war ja mein Fehler in Göttingen gewesen, ich hatte Bekanntschaften gemacht, wie es mir gerade einfiel. Und als meine Bekannten einander kennenlernten, paßten

sie so wenig zu einander, daß ich Göttingen verlassen mußte. Zwei so verschiedene Menschen wie Martin Mohr und Nacke Bruut einigten sich laut schreiend auf den Vorwurf, ich sei charakterlos.
Die genauen Ansprüche, die ich an jeden möglichen Bekannten in Stuttgart stellte, hatten denn auch zur Folge, daß ich nach zwei Jahren nur zwei Männer und eine fünfköpfige Familie kennengelernt hatte. Aber die beiden Männer und die Familie, dafür konnte ich mich verbürgen, waren Muspels würdig, die durfte ich ihm, wenn es der Zufall fügte, ohne ängstliches Herzklopfen vorstellen. Sie waren sozusagen nach seinem Bild geschaffen.
Ich will nicht von denen erzählen, die den Ansprüchen, die ich im Geiste Muspels stellen mußte, nicht gewachsen waren. Meine erste Eroberung war Robert Grau-Grand. Er spielte selbst in der Halle, liebte Batik, verachtete Jäger. Leider verachtete er auch Photographen. Aber ging es denn um mich? Ich stellte meine Person zurück. Gab mich als Bildhauer. Da ich, meiner peinlichen Vorsicht wegen, doch sehr zurückgezogen gelebt hatte, war ich glücklich, endlich einen Menschen gefunden zu haben, der alle Muspelschen Ansprüche erfüllte, der darüber hinaus noch mit einer Baltin verheiratet war und – des Guten noch nicht genug – einen Prozeß angestrengt hatte gegen einen Akkordeon-Club, weil der in seiner Nachbarschaft ein Clubheim eingerichtet hatte. Diesen Mann durfte ich mir nicht entgehen lassen. Und so verschieden ist ein Bildhauer nicht von einem Photographen, der seinen Beruf ernst nimmt.

Mein zweiter Mann war Robert Gries. Dreimal sah ich ihn, umlauerte ich ihn, dann war ich meiner Sache halbwegs sicher. Ich eröffnete das Gespräch über Hallenhandball. Ich hatte mir angewöhnt, möglichst bald den höchsten Anspruch zu erwähnen. Und tatsächlich, Robert Gries war für Hallenhandball und er pries ihn fast wie Dr. Muspel selber: kein Pöbelsport, keine Krawallveranstaltung für Hunderttausend, sondern ein Ballspiel, das auf spiegelndem Boden flinke und einfallsreiche Spieler fordere. Herrn Gries gegenüber mußte ich lediglich verschweigen, daß ich Katholik bin. Er haßte den Katholizismus. Ich fand, das sei ein geringes Opfer. Heimlich konnte ich ja in die Kirche gehen so oft ich wollte.
Eine ganze Familie nach Muspelschem Gusto erwarb ich im Mineralbad. Einer dieser Halbwüchsigen erregte den Zorn der Familie Bott und meinen Zorn dazu mit einem Kofferradio, an dem er so lang herumdrehte, bis er Akkordeonmusik gefunden hatte. Vater Bott, Mutter Bott, zwei Bott-Töchter und der Sohn hatten bis zu diesem Augenblick ruhig in der Sonne gelegen, hatten scharfe Bonmots über die Federballspieler ausgetauscht, aber auch dankbar vermerkt, daß das Federballspiel die Tennisplätze vor einem gewissen, auf Tennisplätzen offensichtlich nicht erwünschten Publikum schütze. Man könne es ja keinem verbieten, sagte Vater Bott. Aber das, sagte Lia, die ältere Bott-Tochter und winkelte ihren Daumen gegen das Koffer-Radio. Da wußte ich, in dieser Familie gewinnst Du mit einem Schlag fünf Freunde der rechten Art. Ich war es, der den Bademeister

gegen das Kofferradio aufbrachte. Am nächsten Abend war ich bei Botts zu Gast, bewunderte, nun schon sachverständig, die Batikarbeiten der Töchter und lauschte Herrn Botts Erinnerungen aus der Zeit, als er im Hallenhandball noch aktiv war. Herr Bott war Notar und trug Verantwortung für zwei Töchter, also schwitzte Herr Bott geradezu vor Abneigung gegen uneheliche Kinder. Heute verhätschelt man diese Fälle, sagte er. Vielleicht hätte es ihn für mich eingenommen, wenn ich ihm erzählt hätte, daß weder meine Mutter noch ich verhätschelt worden waren, damals, als ich ohne haftenden Vater zur Welt gebracht worden war. Ich erzählte es nicht. Mein Geständnis hätte Bott doch eher für jene Zeit als für mich eingenommen. Also erfand ich dann und wann eine samtene Erinnerung an einen treusorgenden Vater und flocht sie ein in unser Gespräch. Und weil die Familie Bott von Berufen mit fester Laufbahn offensichtlich eine hohe Meinung hatte, ich mich aber nicht von einem Atemzug zum anderen zum Beamten ernennen konnte, gab ich mich als Lektor. Und siehe da, das klang in Botts Ohren doch schon angenehm streng. Aus einer fürsorglichen Frage der Frau Bott entnahm ich, daß man der Ansicht war, ich hätte durchaus das Zeug zum Oberlektor.

Nachdem der Bund mit Botts geschlossen war, beendete ich die Suche nach Freunden. Ich war erschöpft. Es war doch recht anstrengend, immer daran zu denken, daß Robert Grau-Grand mich als Bildhauer wollte, daß ich Robert Gries gegenüber niemals eine mir lieb gewordene katholische Erinnerung zum besten geben durfte, daß ich bei Botts die Ressentiments des unehelich Geborenen zu verbergen hatte, dafür aber als Lektor ein guter Kletterer sein mußte. Das war anstrengend, gewiß. Aber ich war stolz. Unter so vielen Menschen hatte sich in knapp zwei Jahren ein Bekanntenkreis organisch gebildet. Mein Gönner und Brotgeber Dr. Muspel konnte ihn sofort seinem eigenen Bekanntenkreis einverleiben. Er würde nichts auszusetzen finden.

Meine Freunde, träfen sie unvorbereitet aufeinander, müßten mich bewundern für den guten Instinkt, der mich geleitet hatte. Katastrophen wie in Göttingen waren nicht mehr zu befürchten. Bloß, wie würden sie es aufnehmen, daß ich für den ein Bildhauer, für jenen ein Photograph, für den andern ein Lektor war?

So unvollkommen ist alles auf der Welt. Ich sah ein, daß ich den Triumph, so gut zueinander passende Menschen gefunden zu haben, letzten Endes doch nicht auskosten dürfe. Alle meine Freunde waren zwar wie geschaffen, einander kennenzulernen, aber in dem Augenblick, in dem wir alle zusammen in einem Raum stünden, würde ich entlarvt werden, würde dastehen als ein Lügner und Hochstapler und verlöre sie alle auf einmal. Als mir diese Einsicht dämmerte, war es schon zu spät, alle im Wachsen befindlichen Freundschaften grob abzubrechen und nach einem neuen, noch gar nicht vorstellbaren Prinzip wieder von vorne anzufangen. Ich mußte meine Kraft jetzt darauf verwenden, meine Freunde nicht miteinander in Berührung kommen zu lassen. Damit war der Plan, Herrn Muspel einen imponierenden Bekanntenkreis zu offerieren, eigentlich gescheitert. Meine Opfer waren vergeblich gewesen. Hätte ich nach meinem Gutdünken Freundschaften geschlossen wie sie sich boten, das Ergebnis hätte nicht schlimmer sein können. So macht man immer wieder Fehler. Später einmal, in einer anderen Stadt, nahm ich mir vor, würde ich, belehrt durch meine Göttinger und Stuttgarter Erfahrungen, ganz anders vorgehen. Aber würde ich noch die Kraft haben? Und wie sollte es in Stuttgart weitergehen? Wie lange würde es mir noch gelingen, meine Freunde voneinander fern zu halten?

Jener Sonntag anno 50 brachte die Lösung. Sie war so grob und unerträglich wie alle Lösungen, die von außen über uns verfügt werden. Herr Muspel rief mich am frühen Vormittag an, fragte, ob ich trotz des zweifelhaften Wetters die Kirchen im Hohenlohischen besuchen wolle. Ja, sagte ich. Gut, sagte er, aber vielleicht könne ich es einrichten, schon am frühen Abend zurück zu sein. Warum nicht, sagte ich. Allmählich sei es Zeit, daß ich auch seine Freunde kennenlerne. Sehr gerne, sagte ich. Er sei ein vorsichtiger Mensch, sagt er, deshalb habe er mich bisher immer allein eingeladen, jetzt aber, nach bald zwei Jahren, könne er es verantworten, mich auch seinen Freunden und den Freunden seiner Familie vorzustellen. Und er zählte stolz die Namen seiner Freunde auf. Es überraschte mich nicht einmal, daß alle meine Freunde dazugehörten, Robert Grau-Grand, Robert Gries und die Familie Bott. Er zählte noch mehr Leute auf,

Leute, die ich sicher auch noch entdeckt hätte, wenn ich nach der Familie Bott nicht schon erschöpft gewesen wäre.

Ich dankte Herrn Muspel, sagte, daß nur Unvorhersehbares mich abhalten könne, am Abend zu ihm zu kommen. Dann fuhr ich ins Hohenlohische, tappte in finsteren Kirchen herum, warf Heiligen hilfesuchende Blicke zu, murmelte Bitt-Litaneien, verfiel in ein endloses Kyrie eleison, erbat mir vom blauschwarzen Himmel einen Blitz, hörte endlich aus dem Radio, daß ich erhört worden war: in Korea war ein Krieg ausgebrochen.

Ja, dann bog ich in Waiblingen nach Osten, Stuttgart ließ ich unter schon schwarzem Himmel im Tal, hatte das Gefühl, daß mein Medikus-Mull-Muspel und seine Freunde jetzt den Ausbruch des Krieges feierten und mich vergäßen.

In München verkroch ich mich in einem großen Hotel.

Am Montagmorgen saß ich beim Frühstück, wußte nicht, was ich aß und trank, las zur Ablenkung alle Inserate einer Zeitung und stieß auf ein Inserat, in dem ein Fräulein Hotz, wohnhaft in der Franz-Josef-Straße, einem Mieter versprach, bei ihr sei er aufgehoben. Dieses Inserat duftete nach Schicksal. Es zog mich an. Ich fuhr sofort in die Franz-Josef-Straße und Fräulein Hotz nahm mich sofort auf. Sie roch den Flüchtling in mir. Sie wollte für jemanden sorgen, wir paßten zusammen. So schien es. Vielleicht passen wir auch heute noch gut zusammen, und ich will es bloß nicht zugeben, weil ich dann auch zugeben müßte, daß ich am Ende bin. Manchmal sitze ich nämlich in meiner Ecke und denke, dieser Aufenthalt bei Fräulein Hotz ist nur eine Pause. Ich sage mir: Du sammelst Kraft. Es kann sein, Du kündigst schon morgen, mischst Dich wieder unter die Leute, fängst wieder von vorne an, rücksichtslos und klug wie nie zuvor. Aber ich bin nicht mehr frei, das muß ich jetzt gestehen. Fräulein Hotz verriet mir nämlich schon in der ersten Woche, daß sie einen Sohn hatte, der als Flieger viel Erfolg in Rußland gehabt haben muß. Er sei dann fünfundvierzig in Gefangenschaft geraten, sei in Constanza eingeschifft worden. Mehr weiß sie nicht. Obwohl ich das Schwarze Meer nie gesehen, geschweige denn selbst, und auch noch von Constanza aus, befahren habe, glaubt Fräulein Hotz, ich sei mit ihrem Sohn befreundet gewesen. Das glaubte sie anfangs. Als wir wieder einmal nachts lange sprachen, um einander über alles zu trösten, was uns nicht nach Wunsch geraten war, verriet ich ihr, daß auch ich der Sohn einer Ledigen sei. Das hätte ich nicht tun sollen. Sie streichelte mich, duzte mich plötzlich, weinte ein bißchen, ging zwar wieder in ihr Zimmer, fand aber am nächsten Tag nicht mehr zurück zur richtigen Anrede, nannte mich Gerold, ließ keinen Widerspruch gelten, lächelte bloß besserwisserisch, bewies mir, daß mir Gerolds Jacken wie angemessen paßten und bat mich, doch endlich zuzugeben, daß ich Gerold sei. Wenn ich das nicht zugeben wolle, weil ich ihr vielleicht immer noch den bürgerlichen Makel meiner Geburt nachtrage, dann müsse ich ihr wenigstens gestatten, daß sie mich Gerold nenne.

In meinem Schrank hängt inzwischen alles, was Gerold nicht mit nach Rußland nahm. Ich weigerte mich lange, diese Kleider zu tragen. Sie sagte, bloß aus Spaß, bloß zur Unterhaltung könnte ich doch einmal den Zweireiher anziehen. Ich gab nach, wir lachten beide, als ich den recht altmodischen Zweireiher anhatte, der mit Nadelstreifen meine Taille nachzeichnet, als wäre ich ein Reitlehrer oder Ballettmeister. Durch List und Hartnäckigkeit und wehleidige Drohungen hat Fräulein Hotz einen Vertrag zwischen uns erzwungen: ich habe mich bereit erklärt, immer wenigstens ein Kleidungsstück aus Gerolds Garderobe zu tragen. Wenn ich aber eine ganze Woche lang diesen Vertrag nur mit seinen Krawatten einlöse, schreit Fräulein Hotz, heult, windet sich so lange in meinem Zimmer herum, bis ich, bloß um meine Ruhe zu haben, noch eines seiner rotbraun karierten Sporthemden anziehe. Sie hat es durch solche Vertragsbrüche längst soweit gebracht, daß ich jetzt immer zwei Kleidungsstücke Gerolds zu tragen habe. Ich habe ihr angeboten, nur noch Gerolds Kleider zu tragen, wenn sie dafür aufhört, mich zum Musikstudium zu zwingen. Gerold wollte doch immer Musik studieren, sagt sie dann recht naiv. Aber ich nicht, sage ich kalt. Das glaub ich Dir nicht. Und schon ruft sie zwei ihrer Nähmädchen und läßt sich von denen bestätigen, daß ich musikalisch sei und daß es ein Verbrechen wäre, wenn ich nicht Musik studierte. Die Mädchen grinsen und bestätigen Fräulein Hotz alles, was Fräulein Hotz bestätigt haben will.

Ich weiß jetzt, jede Lebenslage wartet auf mit besonderen Aufgaben. Schön. Ich habe auch gar nicht gehofft, daß man aus Stuttgart fliehen und direkt ins Paradies kommen kann. Aber die Aufgaben dürfen den, der sie lösen soll, nicht zu sehr erschrecken. Des Fräuleins Gerold zu sein, das habe ich gelernt. Ich bin kein schlechter Gerold. Sie sagt es selber. Bliebe ich hier, so überlege ich jetzt wie ein Kurgast, dann müßte ich wahrscheinlich nie mehr Menschen kennenlernen und bis zur Atemlosigkeit darum besorgt sein, daß sie zu mir und dann auch noch zu einander passen. Fräulein Hotz ist ganz wild vor Einverständnis, wenn ich sage: Mein Musikstudium findet im Zimmer statt. Genauso hat sie sich das auch gedacht.

Kann ich also jetzt schon mitteilen: ich will nicht mehr hinaus. Einerseits weiß ich nicht, was Fräulein Hotz noch von mir verlangen wird, wenn sie einmal weiß, sie hat mich. Andererseits genügt es, die Wäsche zu sehen, die draußen zerrissen wird. Was wird da zerrissen. Und an welchen Stellen! Das genügt mir. Ich bleibe. Was mir in Göttingen passierte, vermied ich zwar in Stuttgart, aber wenn ich, was in Stuttgart passierte, in Hamburg vermeide, so wird, das muß ich jetzt einsehen, dort wieder etwas passieren, was nur durch den Ausbruch eines weiteren Krieges vertuscht werden kann.

Mein Gewissen rät mir, von der Welt keine weiteren Kriege zu verlangen. Fräulein Hotz braucht einen Gerold. Das ist eine Aufgabe, der ich meiner ganzen Natur nach gewachsen sein könnte.

Noch hatte ich aber dem Fräulein meinen Namen nicht preisgegeben, noch bestand ich auf Gesang mehr als auf Klavier. Neuerdings droht das Fräulein unverblümt, sie werde mir kündigen, wenn ich nicht Gerold sei und – als sei dies eine notwendige Konsequenz – und dem Klavier nicht den Vorzug gebe. Sie hat, sagt sie, einen Fliegerleutnant in petto, der ist stationiert in Fürstenfeldbruck und sucht ein Zimmer in München. Der kommt in Uniform, sagt sie fast zirpend.

Am gleichen Abend lasse ich, wie aus Versehen, ein Blatt Papier auf dem Tisch liegen. Ich habe auf diesem Blatt Gerolds Unterschrift geübt. Sie nimmt das Blatt, liest es Zeile für Zeile, als stünden da Mitteilungen. Gerold Hotz, Gerold Hotz, Gerold Hotz, liest sie. Dann lächelte sie, reicht mir das Blatt und sagt: Es fehlt noch der Beruf. Richtig, sage ich, nehme das Blatt, und spüre, daß jetzt der äußerste Punkt unseres Kampfes erreicht ist. Sie drängt auf Klavier, das ist klar. Aber ich sammle alle meine Kraft und schreibe noch einmal Gerold Hotz und darunter ebenso flüssig, und sie sieht es und läßt es geschehen, darunter schreibe ich: Kammersänger. Und Fräulein Hotz besteht in diesem Augenblick die Prüfung, die eine Frau erst zur Mutter macht, sie läßt die zweite Abnabelung geschehen, begreift, daß der Sohn seinen Eigensinn hat, ja, es macht sie sogar glücklich, ihn so stark zu sehen. Glücklich aufheulend rennt sie hinaus zu den nähenden Mädchen und brüstet sich. Ich aber lehne mich singend in meine Ecke zurück.

Nach Siegfrieds Tod

Die Boten einer Firma (die hier nicht genannt sein will) versammelten sich am dritten Tag nach dem Tod ihres Kollegen Siegfried Brache im Gang, an dem die Büros der Hauptverwaltung liegen. Es war sehr früh am Tag, fast könnte man sagen, es war um fünf Uhr morgens.

Lucius Nord hatte im Schrank des verstorbenen Kollegen Brache eine Liste gefunden, auf der kein Bote fehlte. Vielleicht hatte ihn diese Liste auf den Gedanken gebracht, eine Botenversammlung einzuberufen. Lucius war der einzige Bote, dem in all den Jahren weder eine Hand noch ein Auge, ja nicht einmal ein Ohr abhanden gekommen war. Kein Wunder, daß er sich unter seinen Kollegen unzulänglich vorkam. Mag sein, daß ihn dieses Gefühl der Unzulänglichkeit bewog, die Sache der Boten heftiger zu vertreten, als es sonst bei den Boten Brauch ist.

Wägelchen schiebend, begegnen die Boten einander in den langen Gängen im Schutz ihrer Sprache. Diese Wägelchen, zirpend unter Papierlasten wechselnden Datums, verzieren sie durch ihre Gestalten, die sich keiner Erwartung fügen. Im Botenzimmer sitzend, berühren die Boten einander an den Ellbogen und ertragen die Widerwärtigkeit, die man zu ertragen hat, wenn man längere Zeit mit Schicksalsgenossen in einem Raum verbringen muß, ohne daß große Veränderungen zu erhoffen sind.

Lucius Nord, der sich diesen Namen erst zugelegt hatte, als er Bote geworden war, Baff, den man Bäffchen nannte, und Pieter Naal, diese drei waren zuerst da am dritten Morgen nach Siegfrieds Tod, sie ordneten die Ankommenden, als wüßten sie sehr genau, wo jeder am besten stehe; auf die von Brache geerbte Namensliste zeichneten sie sorgfältig Haken um Haken, ja, sie benahmen sich fast wie die Abteilungsleiter, in deren Vorzimmern sie täglich ihre Papierfrachten löschten.
Unter Bäffchens Händen bildete sich ein Halbkreis. Den einen zog er mit der fleischigen Rechten am Gürtel nach vorn, den nächsten schob er mit der eisernen Linken um eine Handbreit zurück. Um den Halbkreis standen feierlich und drohend die Botenwägelchen. Das war Pieter Naals Einfall gewesen. Pieter Naal war ein Kenner gotischer Schicksale.
Lucius räusperte sich. Schon horchten ein paar Putzfrauen aus der Dämmerung herüber. Aber Bäffchen drehte Putzfrau für Putzfrau mit ungleichen Händen um und stieß jede kurzerhand (denn seine Linke war kürzer) in den Rücken, daß die Putzfrauen, Frau für Frau, ins Ungewisse rutschten. Zu jedem Stoß sagte er entweder beschwörend: das geht nicht an! oder er sagte, seine Stoßkraft prahlerisch überschätzend: ab nach Kassel!
Nun aber Lucius Nord.
Freunde, sagte er, folgende Fragen: Wie war das, als in der Sitzung der Abteilungsleiter der Tod Siegfried Braches bekanntgegeben wurde? Sind tatsächlich alle aufgestanden für die Gedenkminute? Ist es nicht

bloße Heuchelei, wenn auch der Personalchef aufsteht für die Gedenkminute zu Ehren Braches, den er doch bei jeder Gelegenheit einen radikalen Boten nannte? Wie lange hat denn die Gedenkminute gedauert? Hat sich jemand darum gekümmert? Oder haben sich alle darum gekümmert, haben also bloß auf die Uhr geschaut, anstatt Siegfried Braches zu gedenken? Wurden ironische Bemerkungen gemacht? Kann der Direktor den Tod eines Boten überhaupt ohne Ironie bekanntgeben? Wird man Siegfrieds Tante nach seinem Tod noch ins Haus und ins Botenzimmer lassen? Sollen wir die Frage, was sie dort zu suchen hat, beantworten? Sollen wir uns gegen die angekündigte Kontrolle des Botenzimmers wehren? Sollen wir noch länger abwarten, ob man uns den Winterfahrplan wieder ins Botenzimmer hängen wird? Hängt man ihn hinein, sollen wir dagegen protestieren? Wollen wir geltend machen, der Fahrplan störe die notwendigen Erholungspausen der Boten, weil jeder, wenn er über Züge was wissen will, rücksichtslos ins Botenzimmer eindringt? Und wenn man uns den neuen Fahrplan vorenthält, sollen wir auch dagegen protestieren, etwa behaupten, der Fahrplan im Botenzimmer sei ein altes Recht?
Wollen wir auf den Vorwurf eingehen, es seien zu viele Katzen im Botenzimmer gewesen, als der Leichnam Siegfried Braches dorthin geschafft wurde? Muß das Botenzimmer immer bereit sein, Kollegen, die während des Dienstes vom Tod ereilt werden, aufzunehmen? Was ergibt sich daraus für die Katzen, die sich im Botenzimmer aufhalten? Hätte man es

verhindern können, daß die Katzen Siegfried Brache ableckten? Hätte man es verhindern sollen? Haben sie das getan, weil er tot war, oder ist das schon früher vorgekommen? Warum interessiert sich der Personalchef dafür, ob Siegfried von Katzen abgeleckt wurde? Gönnt er das dem Toten nicht, weil Siegfried ein radikaler Bote war? Warum schleichen sich überhaupt Katzen ins Haus und, sobald sie im Haus sind, warum finden sie ohne Verirrung sofort den Weg ins Botenzimmer? Sind es wirklich die Würste? Hat der Betrieb das Recht, die Schränke der Boten im Botenzimmer zu kontrollieren? Kontrolliert der Betrieb auch die Schränke in den Büros? Wenn nicht, warum will er die Botenschränke kontrollieren? Wirklich nur wegen der Katzen? Oder will man sich über die Tanten informieren, die gelegentlich von feinfühligen älteren Boten mitgebracht werden? Oder vermutet man den durchgegangenen Kassierer in den Schränken des Botenzimmers? Oder die verschwundene Sekretärin des Direktors? Ist das Verlangen nach Kontrolle nicht bloß eine Maßnahme des Direktors, durch die er von der aufsehenerregenden Tatsache, daß seine Sekretärin verschwunden ist, ablenken will? Und wenn es so wäre, sollen die Boten dem Direktor helfen, über seine Verlegenheit hinwegzukommen? Das heißt, sollen sie freiwillig einen nicht genauer festlegbaren Teil der Schuld an diesem Verschwinden auf sich nehmen, in der Hoffnung, der Direktor werde sich irgendwann einmal den Boten gegenüber erkenntlich zeigen? Aber beweisen die Boten nicht Schwäche und schlechtes Gewissen, wenn sie das Wohlwollen des Direktors für notwendig halten? Beweisen sie dadurch, daß sie ihr Glück nicht mehr ausschließlich auf ihre Leistung bauen können? Werden die Feinde der Boten nicht sofort auf diesen Schachzug hinweisen? Käme nicht alles darauf an, sich gerade jetzt korrekt zu verhalten? Aber welcher Stand im Haus hat bisher durch korrektes Verhalten überlebt? Sollen ausgerechnet die Boten ihr Ende durch korrektes Verhalten beschleunigen? Kann man das von den Boten verlangen angesichts des Beispiels, das die Abteilungen geben? Sollen die Boten etwa Anhänger des Personalchefs werden, der ihre Dezimierung im Auge hat? Sollen wir, als letztes Mittel gegen den Personalchef, eine Versehrtenmannschaft aufstellen, um so in der Öffentlichkeit für unsere Firma zu wirken? Darf der Personalchef – ihr seht, ich drücke mich nicht um die Versehrtenfrage herum –, darf er die Kollegen, die ihre Invalidität nicht dem Kriege verdanken, weiterhin als Boten zweiter Ordnung behandeln? Will er einen Keil zwischen uns treiben? Ist es wirklich bloß eine Bildungslücke, wenn das Wort *Intrige* für den Boten ein komisches Fremdwort ist? Gibt aber unsere Einigkeit dem Personalchef das Recht, uns als *Völkchen* zu bezeichnen? Wie meint er das? Können wir es dulden, daß der Personalchef weiterhin Chauffeure, die einen Unfall verschuldeten, strafweise zu Boten macht? Geht das gegen unsere Ehre oder geht das nicht gegen unsere Ehre? Wird dadurch die Anzahl der Boten, die zum Trinken neigen, nicht in untypischer Weise erhöht? Ist diese Praxis des Personalchefs vielleicht ein Manöver, um das Ansehen des Boten-

standes zu untergraben? Sind wir das Strafbataillon der Firma? Müssen wir uns gefallen lassen, daß der Personalchef den Boten durch einen Ukas verbietet, ausländische Gäste in den Gängen anzustarren? Ist nicht auch das wieder ein Schachzug, um dem Boten seine Fortbildung zu erschweren, ihm seine Weltoffenheit auszutreiben? Warum zum Beispiel hat es Verdacht erregt, daß an Siegfrieds Grab Boten anderer Firmen ein Lied sangen? Dürfen wir nicht mit Boten anderer Firmen in Verbindung stehen?
Welcher Verdacht muß da bei uns entstehen?
Soll der Bote angesichts so vieler Fragen resignieren? Oder soll er die Fragen nach Art der Abteilungsleiter erledigen? Muß der Bote überhaupt anerkennen, daß es Fragen gibt, die mit seinem Beruf verknüpft sind, oder soll er nicht einfach behaupten, daß es sich hier um allgemeine Fragen handelt, um Fragen also, die es auch dann noch geben wird, wenn der Personalchef sein Ziel erreicht, das heißt: die Boten ausgerottet haben wird? Kann der Bote wünschen, die Gegenseite müsse den Beweis liefern, daß diese Fragen nur durch die Boten entstehen? Soll der Bote überhaupt etwas wünschen? Oder soll er nicht den Betrieb in die Rolle des Wünschenden hineinmanövrieren? Ist der Bote also jemand, der Wünsche erfüllt, ohne selbst Wünsche zu haben? Wird er dafür gut genug bezahlt? Wäre die Frage, ob der Direktor den Tod eines Boten ohne Ironie bekanntgeben kann, überhaupt notwendig, wenn der Bote besser bezahlt würde? Soll aber andererseits auch noch der Bote anfangen, mehr Geld zu fordern, um dadurch zu höherem Ansehen zu ge-

langen? Hat der Bote das nötig? Sicher nicht! Der Bote hat, dank seinem Beruf, der ihm alle Büros des Hauses erschließt, ein gesundes Selbstbewußtsein. Wie aber denkt die Umwelt? Warum ließ der Personalchef am Schwarzen Brett anschlagen, der Bote Siegfried Brache sei einem Herzschlag erlegen, warum hielt es der Personalchef nicht für angebracht – wie er es drei Wochen vorher, als der Einkaufsleiter starb, sehr wohl für angebracht hielt – von einem Herzinfarkt zu sprechen? Wollte er damit seinen Feind, unseren Kollegen Siegfried Brache, noch im Tod demütigen, weil Siegfried ein radikaler Bote war? Oder soll der Bote für immer des Herzinfarkts unwürdig bleiben?

Lucius Nord sprach ohne Manuskript und Pult, aber er hatte sich für diese Rede von seinem eigenen Geld ein Paar Schuhe mit besonders dicken und weichen Sohlen gekauft. Bei jeder Frage hob er die Absätze, ließ sich auf die Fußballen rollen, bis er nur noch auf den Zehen stand, hob die Stimme, wie er die Absätze hob, und jedesmal knirschten die neuen Sohlen, bis Lucius den höchsten Punkt und die Frage ihr Fragezeichen erreicht hatte. Nicht daß er von Anfang an beabsichtigt hätte, nur Fragen zu stellen! Er habe nicht mehr herausgefunden, sagte er später. Die jedesmal steil nach oben strebende Fragemelodie und die synchron arbeitenden Füße hätten ihn, den noch ungeübten Redner, einfach weitergezogen. Wie weit sie ihn noch gezogen hätten, kann niemand sagen. Da man komplizierte Fügungen gern Zufälle nennt, muß man es wohl auch einen Zufall nennen, daß an diesem

Morgen – lange vor Arbeitsbeginn – der Direktor und der Personalchef zusammen das Haus betraten und den Gang herunterkamen.
Wenn man will, kann man alles erklären. Die Führenden kommen gern schon mal etwas früher, um die Masse der pünktlich Hereinhastenden zu beschämen. Oder: ein Bote hatte einen Brief in den falschen Korb gelegt, ein irregeleiteter Brief aber ist kaum mehr auf den rechten Weg zu bringen in einem großen Haus, sehr genau jedoch läßt sich, gute Organisation vorausgesetzt, die Spur bis zum Schuldigen verfolgen, und der Schuldige wollte seinen Schnitzer wiedergutmachen, also spielte er den Judas. Auf jeden Fall kam der Direktor mit dem Personalchef den langen Gang herunter, beide plauderten wie zwei große Sportsleute verschiedener Disziplin auf dem Weg in die Arena; plauderten, wie ein Filmstar mit einem Weltraumforscher plaudert. Beide schlenderten, waren entspannt, zeigten jene Spur von Anmut, die man immer beobachten kann, wenn zwei Menschen beieinander sind, die sich zur Elite zählen, die aber – dank ihrer unterschiedlichen Profession – nicht zu Konkurrenten werden können.
Der fast feierliche und durch Bäffchens zusammenwirkende Hände immer noch makellose Halbkreis der Boten erschreckte die beiden Herren nicht.
Das kann auf einen Judas hinweisen. Es kann aber auch heißen: diese beiden Herren waren nicht so leicht zu erschrecken.
Und Lucius Nord? Als er sah, daß die beiden Herren schon drauf und dran waren, zwischen ihm und

seinen Zuhörern freundlich grüßend durchzugehen, sah er voraus, in welch schlimmer Ungewißheit die Boten zurückbleiben müßten, wenn jetzt lediglich Morgengrüße ausgetauscht würden und die beiden Chefs hinter glänzenden Türen verschwänden. Er wollte sich nicht in die Rolle des Ertappten drängen lassen.

Lucius hatte nicht viel Zeit. Er konnte sich nicht einmal mehr auf die Zehenspitzen stellen, aber wenigstens die Hacken hatten noch zueinander gefunden, als er rief: Herr Direktor, ich melde, Boten bei der Diskussion revolutionärer Fragen.

Daß er den Direktor unter Umgehung des Personalchefs angesprochen hatte, erfüllte ihn sofort mit Sorge. Aber die Antwort des Direktors beruhigte ihn wieder. Bravo, meine Freunde! Weitermachen!

Einige Boten wiederholten: Weitermachen.

Alle sahen den beiden Herren nach, sahen, daß jeder der Herren in ein anderes Zimmer, nämlich jeder in sein eigenes, ging. Da löste sich der Halbkreis sofort auf, man klopfte einander auf die Schultern, einer schlug vor, ein Lied zu singen, aber da war ein anderer schon bei seinem Wägelchen.

Jetzt wollte jeder so schnell wie möglich zu seinem Wägelchen. Kreuz und quer liefen sie durcheinander, die Wagenburg erwies sich als ein großes Hindernis, aber dann hatte schließlich doch jeder sein Wägelchen gefunden, klammerte sich an sein Wägelchen, stob mit seinem Wägelchen in seriöser Hast davon.

Wer kurz darauf einem Boten begegnete, der spürte, daß von den Boten etwas Feiertägliches ausging. Der

Betriebspsychologe Dr. Gander, der von nichts wußte, will sogar noch am späteren Nachmittag in den Augen einzelner Boten etwas wie Verklärung festgestellt haben.

Wenige Tage später gab Lucius Nord im Botenzimmer bekannt, die Betriebsleitung sei der Ansicht, es könne den vielen körperbehinderten Boten nicht zugemutet werden, revolutionäre Fragen im Gang stehend zu diskutieren, deshalb biete man den Boten an, die Diskussion revolutionärer Fragen in Zukunft im großen Sitzungssaal der Firma zu veranstalten. Als Lucius Nord dann noch hinzufügte, die Betriebsleitung habe ausdrücklich vermerkt, daß auch die Wägelchen mitgebracht werden dürften, da war es im Botenzimmer mehrere Augenblicke lang ganz still. Dr. Gander hätte wieder etwas wie Verklärung feststellen können.

Lucius Nord, der immer noch die Schuhe mit den dicken weichen Sohlen trug, hob sich von den Absätzen auf die Zehen und sagte: Meine Freunde, was wollen wir mehr?

Martin Walser
im Suhrkamp Verlag und
im Insel Verlag

Die Anselm Kristlein Trilogie. Halbzeit. Das Einhorn. Der Sturz. 3 Bde. in Kassette. st 684
Brandung. Roman. Leinen und st 1374
Brief an Lord Liszt. Roman. Engl. Broschiert und st 1183
Dorle und Wolf. Eine Novelle. Engl. Broschiert
Ehen in Philippsburg. Roman. BS 527 und st 1209
Eiche und Angora. Eine deutsche Chronik. es 16
Das Einhorn. Roman. st 159
Ein fliehendes Pferd. Novelle. Engl. Broschiert, BS 819 und st 600
Ein fliehendes Pferd. Theaterstück. Mitarbeit Ulrich Khuon. es 1383
Ein Flugzeug über dem Haus. Und andere Geschichten. st 612
Die Gallistl'sche Krankheit. Roman. es 689
Gesammelte Geschichten. BS 900
Geständnis auf Raten. es 1374
Halbzeit. Roman. Leinen und st 94
Heilige Brocken. Aufsätze, Prosa, Gedichte. st 1528
Heimatkunde. Aufsätze und Reden. es 269
In Goethes Hand. Szenen aus dem 19. Jahrhundert. Kartoniert und st 1077
Jagd. Roman. Leinen
Jenseits der Liebe. Roman. Leinen und st 525
Ein Kinderspiel. Stück in zwei Akten. es 400
Liebeserklärungen. Leinen und st 1259
Lügengeschichten. es 81
Meßmers Gedanken. Leinen und BS 946
Die Ohrfeige. st 1457
Das Sauspiel. Szenen aus dem 16. Jahrhundert. Kartoniert
Das Schwanenhaus. Roman. Leinen und st 800
Seelenarbeit. Roman. Leinen und st 901
Selbstbewußtsein und Ironie. Frankfurter Vorlesungen. es 1090
Stücke. st 1309
Der Sturz. Roman. Leinen und st 322
Über Deutschland reden. es 1553
Wer ist ein Schriftsteller? Aufsätze und Reden. es 959
Wie und wovon handelt Literatur. Aufsätze und Reden. es 642
Martin Walser/André Ficus: Heimatlob. Ein Bodensee-Buch. it 645

Reden, Essays, Übersetzungen

Mein Schiller. Rede bei der Entgegennahme des Schiller-Gedächtnispreises 1981. Schallplatte

24/1/1.89

Martin Walser
im Suhrkamp Verlag und
im Insel Verlag

Der Unerbittlichkeitsstil. Rede zum 100. Geburtstag von Robert Walser. Schallplatte

Franz Kafka: Er. Prosa. Auswahl und Nachwort von Martin Walser. BS 97

Mein Goethe. Von Günter Kunert, Siegfried Lenz, Peter Rühmkorf, Wolfdietrich Schnurre, Martin Walser, Gabriele Wohmann. st 781

Molière: Der eingebildete Kranke. Aus dem Französischen von Johanna Walser und Martin Walser. it 1014

Bernhard Shaw: Frau Warrens Beruf. Stück in vier Akten. Aus dem Englischen von Martin Walser. BS 918

Jonathan Swift: Ausgewählte Werke in drei Bänden. Herausgegeben, eingeleitet und kommentiert von Anselm Schlösser. Mit einem Essay von Martin Walser. it 654

Jonathan Swift: Ein bescheidener Vorschlag, wie man verhindern kann, daß die Kinder der Armen ihren Eltern oder dem Lande zur Last fallen und andere Satiren. Mit einem Essay von Martin Walser, Die notwendigen Schritte. it 131

Zu Martin Walser

Martin Walser. Herausgegeben von Klaus Siblewski. stm. st 2003

24/2/1.89

Deutschsprachige Literatur in den suhrkamp taschenbüchern: Drama

Jürgen Becker: Die Abwesenden. Drei Hörspiele. st 882
Thomas Bernhard: Alte Meister. Komödie. st 1553
– Der Italiener. st 1645
– Stücke 1. Ein Fest für Boris. Der Ignorant und der Wahnsinnige. Die Jagdgesellschaft. Die Macht der Gewohnheit. st 1524
– Stücke 2. Der Präsident. Die Berühmten. Minetti. Immanuel Kant. st 1534
– Stücke 3. Vor dem Ruhestand. Über allen Gipfeln ist Ruh. Am Ziel. Der Schein trügt. st 1544
– Stücke 4. Der Theatermacher. Ritter, Dene, Voss. Einfach kompliziert. Elisabeth II. st 1554
Volker Braun: Stücke 1. Die Kipper. Hinze und Kunze. Tinka. st 198
– Stücke 2. Schmitten. Guevara oder Der Sonnenstaat. Großer Frieden. Simplex Deutsch. st 680
Bertolt Brechts Dreigroschenbuch. Texte, Materialien, Dokumente. 2 Bde. st 87
Bertolt Brecht: Frühe Stücke. Baal. Trommeln in der Nacht. Im Dickicht der Städte. st 201
Brechts ›Dreigroschenoper‹. stm. st 2056
Hermann Broch: Dramen. st 538
Tankred Dorst: Merlin oder Das wüste Land. Mitarbeit Ursula Ehler. st 1076
– Stücke 2. Herausgegeben von Gerhard Mensching. Mit einem Nachwort von Günther Rühle. st 438
Günter Eich: Fünfzehn Hörspiele. st 120
Hans Fallada / Tankred Dorst: Kleiner Mann – was nun? Eine Revue. st 127
Marieluise Fleißer: Ingolstädter Stücke. st 403
Herbert W. Franke: Keine Spur von Leben. Hörspiele. PhB 62. st 741
Max Frisch: Andorra. Stück in zwölf Bildern. st 277
– Herr Biedermann und die Brandstifter. Rip van Winkle. Zwei Hörspiele. st 599
– Stücke 1. st 70
– Stücke 2. st 81
Peter Handke: Stücke 1. st 43
– Stücke 2. st 101
– Über die Dörfer. Dramatisches Gedicht. st 1072
– Die Unvernünftigen sterben aus. st 168
Wolfgang Hildesheimer: Die Hörspiele. Herausgegeben und mit einem Nachwort versehen von Volker Jehle. st 1583
– Theaterstücke. Über das absurde Theater. st 362

254/1/6.89

Deutschsprachige Literatur in den suhrkamp taschenbüchern: Drama

Wolfgang Hildesheimer: Die Theaterstücke. Herausgegeben und mit einem Nachwort versehen von Volker Jehle. st 1655
Ödön von Horváth: Band 1: Zur schönen Aussicht und andere Stücke. st 1051
– Band 2: Sladek. st 1052
– Band 3: Italienische Nacht. st 1053
– Band 4: Geschichten aus dem Wiener Wald. st 1054
– Band 5: Kasimir und Karoline. st 1055
– Band 6: Glaube Liebe Hoffnung. st 1056
– Band 7: Eine Unbekannte aus der Seine und andere Stücke. st 1057
– Band 8: Figaro läßt sich scheiden. st 1058
– Band 9: Don Juan kommt aus dem Krieg. st 1059
– Band 10: Der jüngste Tag und andere Stücke. st 1060
– Band 12: Der ewige Spießer. st 1062
Karl Kraus: Band 10: Die letzten Tage der Menschheit. Tragödie in fünf Akten mit Vorspiel und Epilog. st 1320
– Band 11: Dramen. Herausgegeben von Christian Wagenknecht. st 1321
Franz Xaver Kroetz: Stücke I-IV. Vier Bände in Kassette. st 1677-1680
Spectaculum. Band 16-25. st 1050
Martin Sperr: Bayrische Trilogie. st 28
Theater heute. st 1190
Theater. Stücke von Achternbusch, Bernhard, Bond, Dorst, Hampton, Kroetz, Wilson. Herausgegeben von Rudolf Rach. st 1298
Martin Walser: In Goethes Hand. Szenen aus dem 19. Jahrhundert. st 1077
– Die Ohrfeige. st 1457
– Stücke. st 1309
Robert Walser: Komödie. Märchenspiele und szenische Dichtungen. st 1114

254/2/6.89